はたらく青年

原田宗典

角川文庫　12432

はたらく青年＊目　次

スタンドボーイの哄笑　7
ホットドッグマンの落胆　27
ウエイターの痛恨　47
フィルム販売員の開眼　71
発送男の孤軍奮闘　93
製本補助員の戦慄　115

松茸青年の憤怒 135
呑み屋店員の悟り 155
作家志望青年の実情 177
ビル清掃員の刻苦 197
エロ本配達青年の興奮 217
解説　クリス　智子 260

本文イラスト／タラジロウ

スタンドボーイの哄笑

ぼくが生まれて初めてアルバイトというものを経験したのは、高校三年生の冬休みだった。

受験勉強のラストスパートに入るべきそんな時期に、どうしてアルバイトなんかしていられたのかというと、これには特殊なワケがある。その辺りの事情から、話を始めてみたいと思う。

ぼくが通っていた高校は岡山市内にある進学校で、はっきり言ってハイレベルの生徒たちが集まっていた。ぼくは中学までを東京で過ごし、ヨソモノとしてこの高校を受験したわけだが、今にして思うと、よくまあ入学できたものだと我ながら感心してしまう。通い始めて一ヵ月もしない内に、

「みんなものすごく頭イイじゃないの」

ということに気づき、ぼくはすっかり萎縮《いしゅく》してしまった。まともに勉強していたのでは、到底太刀打ちできないような秀才ばかりだったのである。このままでは間違いなく〝劣等生〟というレッテルをオデコに貼られ、みっともない姿で高校の三年間を送らねばならな

い。そんなのは厭《いや》だわ厭だわモテないわ、とぼくは恐慌に陥った。

そこで変則的なワザを用いることにしたのである。

徹底的に三教科に絞る——英・国・世界史以外は勉強しない、という完全無欠の私立文系型を目指すことにしたのである。現在の東京の高校生ならば、こういう変則技を用いる奴は数多くいるだろうし、むしろ正当的な技のひとつに数えられるのかもしれないが、当時の岡山の進学校でしかも一年生の一学期からこんなことを考える奴は一人もいなかった。生真面目に五教科を満遍なく勉強し、何が何でも国立一期校を目指すのが普通だったのである。

この変則技はぼくにとって有利な面が色々とあった。まず第一に、いくら足りない頭でも三年間三教科だけを勉強すれば、それなりの私立大へ入れそうだということ。志は高い方がカッチョいいから、早稲田の第一文学部を目指すということを、ぼくは親にも先生にも友人にも明言した。不思議なもので、明言してしまうと、もう自分が早稲田に入学するのは決まったも同然といった気持になり、急に頭がよくなっちゃったような錯覚を覚えた。第二に、たとえ数学のテストで零点を取ったとしても、対外的には、

「ふッ……関係ないぜ」

という態度で近藤正臣風にごまかせたこと。本当はバカだから零点を取ったのに、私立

文系という後ろ楯《だて》さえあれば、それほどバカに見えないのである。この場合の重要なポイントは、

「ふッ……」

という私立文系型ウスラ笑いの中に、余裕をこめることである。勉強すりゃあ本当はできるんだけどさあ俺は、という気分をそこに醸しつつ、憂鬱《ゆううつ》げに笑うのがポイントである。できればピアノなど弾きながらこの笑いを浮かべれば、なおよろしい。しかしながらぼくは楽器といったら小学生の頃に習ったタテ笛くらいしかできないので、これは困った。タテ笛を吹きながら、

「ふッ……」

と憂鬱そうにカッチョよく笑うのは、鼻でおでんを食うよりも難しいことである。そこでぼくは楽器をあきらめ、ただ闇雲に私立文系型憂鬱ウスラ笑いを浮かべることに専念した。

このオロカな努力は、高校一年生の二学期あたりから功を奏し始め、二年生になる頃までには、先生も生徒もみんながぼくを「私立文系男」として認知するにいたった。そして結果的には、この認知こそがぼくを本当に早稲田の文学部へと入学させたのである。

実はぼくの通っていた高校には、早稲田第一文学部の推薦枠が一人分だけあった。推薦

というのはようするに無試験で、高校が推薦する生徒を入学させるというシステムである。受験生にとってはまさに夢のような話であるが、ぼくの高校がその推薦制の指定校になっているという事実は、三年生の夏休みまで明らかにされていなかった。一学期が終わりに近づいた頃になって、学年主任の体育教師に呼びつけられ、

「早稲田の文学部の推薦があるんじゃけど、原田お前志願するか？」

と唐突に言われたのである。聞いたとたん、ぼくは足が震えるほど興奮した。何の根拠もないのに、きっと自分が選ばれると確信したのである。

「はい、ぜひ」

と力強く答えると、学年主任は意味ありげににやりと笑い、

「そりゃそうやなあ。お前は一年の時から早稲田一本槍《いっぽんやり》やったもんなあ」

そう言ってから、ぼくの頭をごしごし撫《な》でた。この学年主任の体育教師は少々変わり種の先生で、いわゆる優等生を毛嫌いするような人だった。その代わりに、校内でも問題のある生徒――つまり不良っぽい奴をやけに可愛がる傾向があった。ぼくも高校二年生の半ばから不良の真似事をし、その延長として文学青年を気取っていたから、この先生には妙に可愛がられていたのである。

早稲田への推薦はその翌日、校内に公示され、結局五人の生徒が名乗りを上げた。ぼく

以外の四人は、いずれもぼくより頭のいい奴ばかりで、これはもうダメだとあきらめざるをえなかった。ところが蓋《ふた》を開けてみると、一番成績の悪いぼくが選ばれたのである。後で聞いた話では、例の学年主任が職員会議の席上でぼくを擁護し、

「一年生の時からあれだけ早稲田早稲田と言い続けていた原田を行かせてやるんが、一番ええじゃろう。成績は関係ねえがな！　心意気のある奴を行かせてやった方が、早稲田のためにもなるじゃろうが！」

と熱弁をふるってくれたらしいのである。実際、幸運というのはどこに転がっているか分からない。東京から岡山へ転校して、頭が悪いから変則技を繰り出して私立文系に絞らざるをえず、落ちこぼれかけて不良風文学青年を気取っていたことが、結果的にぼくを早稲田へ導いたのである。

夏休みが明けてしばらくした頃に、ぼくが推薦を受けることが正式に決定した。何だか嘘みたいな話なので、ひょっとしたらどこかに落とし穴があるのではと訝《いぶか》らないわけにはいかず、しばらくは受験勉強の手が抜けなかった。

「わりいわりい。あの話、やっぱナシな」

てなことを学年主任から言われるのではないかと、気が気ではなかったのである。しかしぼくの与《あずか》り知らぬところで、推薦の話は着々と進んでいたらしく、十一月に上京して面

接を受けるべし、という通知が大学から届いた。ぼくは小躍りして上京し、早大文学部の一室で簡単な面接を受けた。将来は何になるつもりか、という質問に対して、

「早稲田の特別講師として招かれるような小説家になるぜ」

と臆面《おくめん》もなく答えた記憶がある。うう恥ずかしい。

この答えがよかったのか悪かったのかは分からないが、とにかく十一月の下旬には大学から合格通知が届いた。切なくなるほど嬉《うれ》しかったが、その反面、優勝決定戦の大一番で土俵に上がったら不戦勝を告げられた力士のように、複雑な気分でもあった。エベレストの頂上に立つことは立ったが、実はヘリコプターで飛んできた、という感じである。他の登山家たちは、自分の足を使って八合目あたりを登っている最中なのである。これでは大きい声で万歳を叫ぶわけにはいかない。文学好きの友人たちは、当時仲間内で流行《はや》っていた大江健三郎の小説に出てくる〝アンラッキーヤングメン〟という登場人物の呼称をモジッて、ぼくのことを、

「ラッキーヤングメンじゃのう！」

と皮肉った。これに対してぼくは、ただにやにや笑うばかりで、何の反論もできなかった。確かに彼らの言う通り、高校三年生のぼくはラッキーヤングメン以外の何者でもなかったのである。

そんな状況の中で、ぼくは高校生活最後の冬休みを迎えた。もう勉強をする必要はまったくない。だから思いっきり遊びたいのだが、周囲を見回すと誰もが受験勉強のラストスパートをかけていて、暇そうにしている奴なんて一人もいなかった。これでは遊ぶにも遊べない。仕方がないから家へ閉じ籠《こ》もって本でも読むか、と思っていた矢先、当時つきあっていたガールフレンドが、

「アルバイトでもしたらええが」

と提案してきた。校則では一応アルバイト禁止ということになっていたから、ぼくの発想の中に〝働く〟という二文字はまったくなかった。しかし考えてみれば、もう勉強をする必要はないわけだし、半分大学生になっている身分なのだから、早い内にアルバイトを経験して来るべき東京の一人暮らしに備えるのも悪くない。

「しかしアルバイトというのはどこへ行ってどういうふうにすればいいのだろう？」

という疑問を口にしたところ、ガールフレンドは待ってましたとばかりに、

「実はねえ、私のお母さんがいっつもガソリン入れに行くスタンドで、若い男の子のアルバイトおらんかって探してるんよ。そこ行ってみたら？」

と答えた。ぼくはガソリンスタンドと聞いてすぐに油っぽい汚れ仕事を想像し、躊躇《ためら》いを感じた。しかし彼女は執拗《しつよう》にそのアルバイトを勧めてくる。

「家のすぐ近くなんよ。でね、夜の九時から明け方までの仕事なんやって。私、お弁当作って持ってってあげる。そしたら真夜中に逢《あ》えるが」

この言葉にぼくはグラリときた。具体的には〝お弁当〟という箇所と、〝真夜中に逢える〟という箇所にグラリときた。

「うーむ……」

唸《うな》りながら鼻の下が徐々に伸びてくるのを感じた。彼女とはまだ何度かキスをしただけの関係だったので、真夜中に逢えばそれ以上の関係が二人の間に芽生え、めくるめく陶酔の世界があなたを待ってますハイ助平一名ご案内、といったことを想像してしまうのも無理はなかった。

「やってみようかなあ……」

ぼくは遠慮がちに答え、横目で彼女を見た。彼女は嬉しそうにうなずいて、

「お弁当、サンドイッチとおにぎりとどっちがええ？」

と尋ねてきた。ぼくは「それ以外にも欲しいものがあるんだけどなー」という言葉を口の中でもぞもぞ呟《つぶや》いてから、

「サンドイッチ、かなあ」

と答えた。

その翌々日、正確には十二月二十二日から、ぼくは生まれて初めてのアルバイトを経験することになった。ガールフレンドのお母さんを通じて、一応話はついていたのだが、実際にガソリンスタンドへ足を運んだのは、この日が初めてであった。

その冬一番の、寒い夜だった。

ぼくはシャツの上へセーターを二枚着込み、米軍放出品のアーミージャケットを羽織って家を出た。時間は八時二十分だった。学校へ通うのと同じように自転車に跨《また》がり、サドルから尻《しり》を浮かして思い切り漕《こ》ぐ。とにかく寒かったので、できるだけ体を動かして暖かくなりたかった。四車線の国道を真っ直ぐに、三十分ほど走れば目的地のガソリンスタンドに着く。前半の二十分はなだらかな上り坂が続くのだが、十七歳のぼくは頑強な体を誇っていたから、ものともしなかった。景気づけにピンクレディの歌なんか口ずさみながら、脇目もふらずに自転車を漕ぐと、あっという間に左手にガソリンスタンドの灯《あか》りが見えてきた。

ぼくは自転車を歩道の街路樹に立てかけて停めると、白い息を吐きながらスタンドの建物へ歩いていった。ガラス越しに、三人の男がうつむいてストーブを囲んでいるのが見える。扉を開けると、全員が顔を上げてぼくを見た。同時に室内のぬくもった空気が、ぼくの頬を撫《な》でながら表へ流れ出していく。

「あのう、アルバイトの……」

と言いかけると、三人の中で最も年長の男が腰を浮かせて、

「おうおう。聞いとる聞いとる」

そう言いながら、値踏みするようにぼくの姿を眺め回した。一目見た瞬間、ああこの人は口煩《くちうるさ》そうだな、と思った。でっぷりと太っているがひとつも愛嬌《あいきよう》がなく、眼鏡の奥の瞳《ひとみ》が狡《ずる》そうな光を湛《たた》えている。「おうおう」というただの一言が、やけに不遜《ふそん》なものとして響いた。説明によるとこの四十代の男は副所長という身分で、スタンドの夜の仕事に関しては所長から全権を委任されている、とのことだった。

「なら、早速着替えてもらおうか」

副所長はそう言って、ぼくを裏手にあるロッカールームへ案内し、洗濯したての白のツナギを手渡した。三畳ほどのロッカールームには火の気はなく、寒々として、油の匂いと男たちの体臭の残り香が漂っていた。ぼくは副所長の目の前できぱきと服を脱ぎ、ツナギに袖《そで》を通した。そのノリの効いた感触は、悪くなかった。高校の学生生活では味わえない何かが、これから始まろうとしている。そういう予感に満ちた感触だった。

「仕事は簡単じゃけ」

副所長は着替えたぼくを、今度はスタンドの横手へ案内した。そこにはかなり大掛かり

な連続洗車機が設《しつら》えてあった。洗車機といっても、最近あちこちのスタンドで見掛けるようなタイプのものではない。長さ十五メートルほどの、トンネルになった洗車機である。地面には二本のレールが敷いてあり、車はこのレールにタイヤを乗せる。機械を始動させると、レールを噛《か》んだローラーが回り、車を前方へと押しやる。トンネルの内側には大小様々な回転ブラシが仕込んであって、十五メートル移動する間に車をピカピカに磨き上げるという仕組みである。

「君の仕事は、洗車機の出口の所に控えておってやな、雑巾《ぞうきん》を両手に持って、出てきた車の水滴を拭《ぬぐ》う。それだけじゃ」

副所長が手短に説明し終えたところへ、ちょうど車が一台入ってきた。ぼくは早速雑巾を持たされて、出口の所で拭《ふ》いて見せろと命じられた。

車はレールに乗って動き始めると、およそ五分ほどで洗車機のトンネルから出てくる。回転するブラシの向こう側に車の姿がちらりと見えたかと思うと、出口手前のトンネルの天井から猛烈な勢いで風が噴き出し、車体についた水滴を吹き飛ばす。この風が、刃物のように冷たかった。

「うひゃー」

ぼくは顔を顰《しか》め、体を低くして風を避けながら、現れた車のボンネットに飛びついた。

そして大昔の無声映画の登場人物のように、シャカシャカと動いて車体に残った水滴を拭きまくった。こんなところでどじを踏んだら、せっかく紹介してくれた彼女のお母さんに申し訳がない、という思いで一杯だった。ぜいぜいと白い息を吐きながら拭き終えると、すぐ脇でその様子を見ていた副所長が、

「上出来上出来。君、この仕事に向いとるがな！」

と言って愉快そうに笑った。そして「ほんなら後ヨロシクな」と言い残し、ストーブのある詰所へ戻っていった。ぼくは洗車機の出口の所に一人ぽつんと取り残され、ぼんやりと辺りを見回した。そこは屋外だから当然火の気はなく、寒風がひゅるるうーと吹き抜けている。しかも両手には濡《ぬ》れ雑巾を持ち、服といえば薄いツナギ一枚だから、猛烈に寒い。しかし去りぎわの副所長の態度からすると、お前は一晩じゅうそこに待機してろ、ということらしい。

「まいったなあ……」

ぼくは鼻水をすすり上げながら呟いた。十五分ほどそこに立っていたのだが、一台も車が入ってこない様子なので、急いでロッカールームへ行って、アーミージャケットを羽織ることにした。しかしそんなものを一枚着たくらいでは、少しも体は暖かくならなかった。その場で足踏みをしたり、歩き回ったりすることで寒さを紛らわす内に、一時間が過ぎた。

「これで三百円」

心の中で時給を計算する。金を稼ぐというのは、ものすごく大変なことらしい。そう思った。

それにしてもこんな夜中に車を洗いにくる奴なんて、いるのだろうか？　そう訝《いぶか》り始めた頃、急にスタンドが賑《にぎ》やかになってきた。十時で上がりのタクシーが、続々と入ってきたのである。このスタンドが真夜中に営業している理由は、ここにあった。昼間は一般の客、夜中はタクシーの運転手を当て込んで、連続洗車機を動かしているのである。

出口で待ち構えるぼくは、にわかに忙しくなった。時間によっては、二十台近くタクシーが連なることもあるのだ。ツナギのポケットに乾いた雑巾を何枚も押し込み、次から次へとタクシーの車体についた水滴を拭き取っていく内に、寒さも吹き飛んで体が汗ばんできた。最初の三時間くらいは、

「これで六百円」

「これで九百円」

と稼ぎを数えていたが、やがてそんな暇もなくなってしまった。

午前三時を過ぎると、ようやくタクシーの姿がまばらになる。やれやれと一息ついて、ぐしょぐしょになった百枚近い雑巾を何回かに分けて洗濯機に放り込み、脱水機にかけて

は物干しロープに干していく。これがまた冷たくて、掌の感覚がなくなってしまうほどだった。すべての雑巾を干し終えると、今度は洗車機の周辺を掃いて掃除し、午前四時に仕事が終わる。実働七時間で二千百円。寒くて体もきつかったけれど、金を稼ぐということの充実感をぼくは覚えた。家へ向かって自転車を漕ぎながら、

「俺は稼いだッ！」

と叫びたいような衝動にかられた。吹きっさらしの凍えるような場所に七時間もいて風邪をひかなかったのは、おそらくこの〝稼いだ〟という実感のせいだったと思う。

翌日からぼくはツナギの下にセーターを着込み、ハッキンカイロをポケットに忍ばせて連続洗車機の出口に立つようになった。それでも水飛沫《みずしぶき》の混じった風を食らうと歯がガチガチ鳴るほど寒かったが、初日の寒さに比べればずっとマシだった。

二日、三日と通う内に、年長のスタンドボーイたちとも会話を交わすようになり、副所長の目を盗んでは詰所でストーブに当たらせてもらえるようにもなった。彼らの多くは岡山市内の工業高校か商業高校の出身で、元暴走族か現役の暴走族だった。ぼくの高校の友人の中には、そういう本物の不良というのはいなかったので、彼らの話は滅法面白かった。警官を殴ったとか、百人対百人で大立ち回りを演じたとか、荒っぽい内容ばかりだったが、ぼくはまるで紙芝居屋の自転車の前で膝《ひざ》を抱える小学生のように、どきどきしながら彼ら

の話を聞いた。

「副所長、いつか殺したる」

話題が途切れると、彼らは必ずそんな台詞《せりふ》を口にした。スタンドボーイ全員が、事あるごとに上司風を吹かせる副所長のことを嫌っていたのである。

「原田君、キミも副所長殺したるッて思うじゃろ?」

そんなふうに話をふられると、ぼくはドギマギして、

「はー、まー」

などと口籠《くちご》もったが、はっきり殺すと答えないと彼らは不機嫌になるので、顔色を窺《うかが》いながら小声で、

「やっぱ殺しましょう」

と言わざるをえなかった。確かに副所長というのは、大人の厭《いや》な部分をすべて兼ね備えた稀《まれ》に見る俗物であった。上には弱く、下には強く、何かちょっとしたトラブルがあると、すぐに責任をスタンドボーイたちになすりつける。自分には何の意見もないのに、他人の意見はろくに聞きもしないで全否定する。そういう人だった。

この副所長のせいで、ぼくがアルバイト中の唯一の楽しみとしていたガールフレンドとの真夜中の逢瀬《おうせ》にも、横槍《よこやり》が入った。二日め三日めと、真夜中の十二時になると彼女はい

そいそと夜食を持ってスタンドに現れたのだが、四日めにその現場を副所長に見咎められてしまい、

「ここは職場じゃが！　いちゃつくんなら余所《よそ》へ行ってやれ！」

と、こっぴどく叱られたのである。ただ夜食を持ってきただけなのだから、そんなに目くじら立てることはないだろうと思ったのだが、ぼくは何も言い返せなかった。彼女は神妙な顔をしてうつむき、副所長が肩をいからせ退散するのを見送るなり、

「明日からこっそり来るね」

と耳打ちして、去り際に小鳥が餌をついばむようなキスをしてくれた。その感触は、彼女の姿が見えなくなってからも、しばらくぼくの唇の上に残っていた。夜食はサンドイッチで、ぼくの嫌いな生のタマネギが挟んであったが、残さず食べた。歯に滲《し》みるほど冷え切ってしまっていたが、美味《うま》かった。連続洗車機に入ってくる車の列が途切れる瞬間を待って、大急ぎで食べたのだが、本当に泣きたくなるくらい美味かった。

アルバイトの期間は正月の三箇日を除く二週間だったのだが、その間、一度だけ快哉《かいさい》を叫びたくなるような出来事があった。十二月三十日のことである。

午前一時を過ぎて、洗車機に入ってくるタクシーの行列が少しずつ短くなってきた時のことだった。どういうわけか、急に洗車機が稼働しなくなってしまったのである。ぼくは

例によって出口の所に控えていたのだが、トンネル内部の回転ブラシが何の前触れもなく停止してしまったので、

「おろ？」

と顔を上げた。一瞬、停電だろうかとも思ったが、スタンド全体の明かりはちゃんと点《つ》いている。ワケが分からないままその場に突っ立っていると、ほどなく副所長が尻《しり》から煙を出すような勢いで飛んできた。

「おめえ！　何をした！」

頭ごなしに叱ってくるので、何にもしてないと不服げに答えると、いきなり頭をどつかれた。

「どこも触らんのに止まるわきゃなかろうがッ！」

ものすごい剣幕である。副所長は怒り散らしながら、洗車機の稼働スイッチをオンにしたりオフにしたりした。が、機械は一向に動き出す様子がない。

「中のブラシに何か挟んだやろ！」

言いながら所長はトンネルの中へ入って、回転ブラシをひとつひとつ点検し始めた。ぼくは急に手持ち無沙汰《ぶさた》になり、トンネルの脇へ行って、ぼんやりと副所長の奮闘ぶりを眺めていた。と、スタンドの裏手の方で、にやにやしてこちらを見ているスタンドボーイの

先輩の一人と目が合った。そこにはスタンド全体の電気配線が集中するブレーカーがあった。どうやら彼が、意図的に洗車機のブレーカースイッチだけをオフにしたらしいのだ。そのことに気づいて、ぼくは「あッ」と声を上げそうになった。彼が何を企《たくら》んでいるのか、すぐに分かったのだ。

彼は副所長がトンネルの中にいることを確認すると、姿を消した。そして間を置かず、洗車機は再び稼働し始めた。トンネル内部の天井や壁や床から猛烈な勢いで水が噴き出し、巨大なブラシが野太い唸《うな》りを上げて回転し始めた。

「どひゃあー！」

トンネル内から、副所長の叫び声が聞こえてきた。見ると彼は、四方八方から水を浴びせられ、回転ブラシに揉《も》まれてバレリーナのようにくるくる回転しながらもがいていた。必死で逃れようとするのだが、足元のローラーが動き始めているので、なかなか思うように前へ進めないらしい。副所長はくるくる回転しながらローラーに運ばれ、洗剤を浴びて泡だらけになりつつ、洗車機の出口へと移動していった。

ぼくはあわててスタンドの裏手へ走り、周囲に人目がないことを確かめてから、思いっきり笑った。寒さも忘れ、目尻に涙が滲《にじ》むほど笑った。

ホットドッグマンの落胆

三七七。

この数字にはちょっとした意味がある。いったい何を表しているのか、言い当てられる人はまずいないと思うが、ぼくにとっては思い出深い数字なのである。

種明かしをすると、これは早稲田大学におけるぼくの学籍番号の頭三桁《けた》の数字である。実際の番号はこの後に五桁の数字がくっつくのだが、こちらの数字は無意味。頭三桁だけに意味がある。三は文学部を、七七は入学年度をそれぞれ表している。つまりぼくと同じ年度に文学部に入学した学生は、全員学籍番号の頭三桁に、三七七がくっついているはずである。この学籍番号を未だに記憶しているおかげで、ぼくは大学への入学年度をすぐさま答えることができる。

一九七七年、春のことである。

岡山から新幹線に乗って、ぼくは単身上京した。イナカモノ丸出しで、右も左も分かっちゃいない十八歳の青二才ではあったが、いわゆる青雲の志とやらはしっかり胸に抱いているつもりだった。とはいえ、具体的に志の内容を尋ねられたら、

「えーと……とりあえず青雲だ！」

と答えるしかないようないい加減なものであったが、とにかく自分の若き肉体と精神の中からホトバシるものがあったことだけは確かである。

このホトバシるものが一体どこへ向かうのか、ぼく自身にもよく分からなかったにもかかわらず、その行先を正確に予期していた人物が一人いる。ぼくの父親である。さすがに後に博打《ばくち》で身を滅ぼすだけのことはあって、なかなか読みが鋭い。まあ、この時点ではまだ身を滅ぼしてなかったから、息子のホトバシるものの行く末を案じる余裕もあったのだろうが。

父親はぼくが新幹線に乗る直前に、かねてより用意してあったらしいペンケースほどの大きさの包みと、一通の手紙を手渡してこう言った。

「まあ体に気をつけて、頑張れ。これな、俺からの餞別《せんべつ》だ。新幹線に乗ったら開けてみなさい」

旅立ちへの興奮に支配されていたぼくは、別にこれといった感慨も抱かずにその餞別を受け取り、

「サンキュ。じゃあね」

などと言って父親と別れ、駅へ向かった。受け取ると同時に、そんな包みのことはすっ

かり忘れていたと言っていい。何しろ青雲の志が燃えに燃えまくっていたので、親からの餞別なんかに一々構っちゃいられなかったのである。

新幹線に乗り、三年間暮らした岡山の町が車窓の彼方《かなた》に遠ざかっていくのをぼんやりと見送る頃になって、ぼくはようやく落ち着きを取り戻した。

「俺はやる！　俺はやるぞう！」

と拳《こぶし》を固めて青雲の志をボーボー燃やしたところで、新幹線の中にいてはいかんともしがたいということに気づき、興奮をおさめたのである。

さて一旦《いったん》落ち着いてみると、新幹線の中というのは意外に退屈なものである。最初の内は文庫本などを読んで時間を潰《つぶ》そうとしたのだが、矛先《ほこさき》をおさめたとはいえ青雲の志が胸の底でぶすぶすくすぶっているものだから、どうも集中できない。眠ろうとしたのだが、これも上手くいかない。

「うー、何かすることはないのか」

とイライラし始めた矢先、父親からの餞別と手紙があったことを思い出したのである。早速網棚の上の荷物の中から小さな包みと手紙を取り出して、膝《ひざ》の上へ置く。どちらから先に開けようかとしばらく迷った後に、包みの方へ手を伸ばした。

「何じゃこりは？」

と独言を呟《つぶや》きながら、欧米風にビリビリと包み紙を破く。何の変哲もない白い箱が出てきた。文庫本を縦長にしたようなサイズの箱で、気が抜けるほど軽い。その大きさと軽さを目にしたとたん、ピンときた。

「万年筆だな」

父親はぼくが十六の頃からシコシコと小説などを書いていることを知っていたから、餞別として筆記用具を選ぶのは不自然なことではない。おそらく手紙の方には「これで傑作をものにしろ」てなことが書いてあるに違いない。

「ふッ……親馬鹿だな」

ぼくは苦笑しながら箱の蓋《ふた》を開け、中を確かめた。と、万年筆ではない。まったく予想外のものが中から現れたのである。一瞬それが何なのか分からずに、眉《まゆ》をひそめ、顔を近づけてみる。

「げッ！」

それはコンドームだった。

束の間ぼくはハニワ顔のまま座席の上で石化してしまった。その石化状態が結構長かったために、隣の席に座っていた中年のおじさんが、何事かとぼくの手元を覗《のぞ》き込んでくる。慌てて隠したのだが、おじさんはそれが何であるか気づいてしまったらしい。

「ふんとにもー。最近の若いモンときたらよう……」

とでも言いたげな顔で視線を逸《そ》らし、あらぬ方を向いている。ぼくはたちまち赤面し、コンドームの箱を体の陰へ隠して、心から父親を呪った。何だってまたこんなものを餞別としてくれたのだあの男は！　こういうものが入っているなら、こういうものが入っていると言ってくれなきゃ、こういうメに会うではないかッ。恥ずかしさと怒りで髪の生え際まで真っ赤になりながら、ぼくは手紙の方を開けてみた。そこには概《おおむ》ね以下のような内容が書かれていた。

「……お前ももう一人前の男である。恋もするだろうし女遊びもするだろう。そういう時はこの品を使うがよろしい。恋人を妊娠させて厄介なことになったり、商売女からシモの病気を伝染されたり、そんなことがないように性交時には必ずこの品を着用せよ。着け方は箱の中に説明書が入っているから、よく読むように。では、元気で。お前が素晴らしい学生生活を送ってくれることを祈っている。父より」

読み終わると同時に、ぼくはハニワ顔改めイースター島の巨大石像顔になってしまった。今にして思うと、父親もなかなか粋なことをするじゃないの、と笑って許せるけれど、この時は何しろ恥と怒りで目がくらんでいたので、

「何ちゅうお節介な父親なのだ！」

と腹が立つばかりであった。人がせっかく青雲の志に燃えているのに、横から水を差すような真似をしやがって。ああぼくの美しい青雲の志はいきなりコンドームを被《かぶ》せられて、思いっきり汚れてしまった！　何が説明書をよく読むように、だ！

しかし前述の通り、父親はぼくの青雲の志がどのような方向へホトバシるのかを、鋭く見抜いていたと言わざるをえない。親元を離れた十八歳の青年の肉体から一番にホトバシるものと言ったら、これはもう精液以外の何物でもないのである。確かにお節介ではあるが、父親の必殺下半身餞別はまことに的を射ていたと、今さらながらにシミジミ思う。

さて青雲の志の代わりにコンドームを胸に抱いて上京したぼくは、東京都下の保谷《ほうや》市にあるアパートで一人暮らしを始めた。最寄り駅は西武新宿線の西武柳沢《やぎさわ》。現在ではおそらく宅地化が進んで、ちょっとした住宅街になっているのだろうが、当時はそこらじゅう畑だらけの田舎的風景がの－んびりと広がる町であった。都会、という意味では岡山市街の方がよっぽど都会だったのに、十八歳のぼくは初めての一人暮らしに浮き足立って判断力を鈍らせ、

「東京だぜ！　ふっふっふ、これで俺も都会人の仲間入りだ。ソフィスティケイト、ってやつだぜ」

などとハシャギまくり、あくまでもメロウでブルージーな暮らしを実現すべく、西友へ行って薄紫色のカーペットを購入したりした。やはり都会人の暮らしは和室ではなく洋間、という頭があったのである。しかしながらそんな色のカーペットを敷いてみたところで、木造モルタルの六畳間は六畳間。しかもトイレは汲《く》み取り式の共同便所で、室内にまで黄色いニオイが漂う始末だったから、どう考えても都会人の暮らしからは程遠かった。

余談だがこの汲み取り式便所には、今ではほとんど見掛けなくなったハエ取り紙が常にブラ下がっていて、非常に厄介であった。確かにハエを取ってくれる分にはありがたいのだが、

「さあーて、今日も一発ぶっぱなすか！」

などと鼻唄《はなうた》まじりで便所に入り、ぶっぱなした後にひょいと気を抜くと、髪の毛にくっついたりしちゃうのである。ハエの死骸《しがい》が百匹も付着したハエ取り紙が、頭にべたあーッとくっついた瞬間の驚きと不快感は、ちょっと筆舌に尽くしがたいものがあった。

「どひゃあ！」

と叫んで後ずさった拍子にバランスを失って、便所の扉に後頭部をしたたか打ちつけ、そこに貼ってあった小柳ルミ子のカレンダーがハエ取り紙にくっついたこともある。パニックに陥ったぼくは、頭にハエ取り紙と小柳ルミ子カレンダーをくっつけたまま部屋へ駆

け戻り、後先も考えずに鋏《はさみ》で髪の毛をギザギザに切ってしまった。あの時は本当に死にたくなったなあ。

閑話休題。

大学の授業が始まり、一人暮らしにもようやく馴染《なじ》んでくると、ぼくはアルバイトの必要性を感じるようになった。家からの仕送りはあるにはあったが、とても十分な額とは言えなかったので、足りない分は自分の力で補わねばならなかったのである。しかしここで問題が生じた。

「アルバイトというのは、どこでどうやって探したらいいのであるか？」

という問題である。当時は今のようにアルバイト情報誌のＣＭがテレビで流れていたわけではなかったので、地方から出てきたばかりのぼくみたいな青年は、そういうものの存在すら知らなかった。となると、岡山でガソリンスタンドのバイトをした時のように、誰かに紹介してもらうしか道はない。しかし東京にこれといったツテもないので、何だか途方に暮れてしまったのである。まさかその辺の店を一軒一軒訪ねて、

「アルバイトいりませんかあ」

と訊《き》いて回るわけにもいかない。一体どうしたらいいのだろう？

この疑問を最初にぶつけたのは、三駅先の小平《こだいら》という所に住んでいる友人のＨ君に対し

てであった。彼とは高校の二年三年と同じクラスで、一緒に馬鹿をやった仲である。武蔵野美大と早稲田に大学は分かれてしまったが、東京で頼りになる友人と言ったら、彼をおいて他にはなかった。

「うーん、アルバイトか……」

H君はぼくの素朴な疑問を聞くと、腕組みをしてしばらく考え込んだ。彼もやはり上京して間もないわけだから、アルバイト探しの方法についてこれといった知識を持っている様子ではなかった。

「実は俺もバイトをしたいんだが、どうやって探せばいいのか、かねてより疑問に思っておったのだ」

「だろ、だろ?」

「しかしまあ方法がないわけではない」

「どうすんだ?」

「ようするにアルバイトを必要としているところへ行って、頼み込めばいいわけだろ。ということは、人手が沢山必要な巨大施設を狙えばいいわけだよ」

「巨大施設って、どこさ?」

「んー、例えば……後楽園とか」

「なるほどお！」

ぼくはＨ君の鋭い推理（というか大雑把な発想）に膝《ひざ》を打った。確かに彼の言う通り、後楽園みたいなでっかい施設ならば、きっとアルバイトを必要としているに違いないと思えたのである。

「よし。じゃあ後楽園へ行ってみよう」

思い立ったが吉日というわけで、ぼくらは早速後楽園へ行ってみることにした。西武新宿線で高田馬場《たかだのばば》まで出て山手線に乗り換え、代々木から総武線で水道橋へ。田舎者のぼくらにとっては、後楽園へ行くこと自体が結構な冒険のように思えた。

「ゴールデンウィークを控えていることだし、絶対に人手を必要としているはずだ」

「うんうん。そうだそうだ」

ぼくらは互いに励まし合いながら水道橋の改札を出、左手に黄色いビルを眺めながら後楽園の敷地内へと足を踏み入れた。当然のことながら当時はまだ東京ドームなんて影も形もなくて、右手に後楽園スタジアムがどーんと建っていた。

「おー、すごいなあ！」

ぼくらは後楽園スタジアムの巨大さに圧倒され、あんぐり口を開けてその外壁を見上げた。岡山県営グラウンド内にある球場とは、えらい違いである。Ｈ君は熱烈な巨人ファン

なので、後楽園に対する思い入れがかなり強いらしく、

「うーん。ここで王や長嶋が……うーん、そうかそうか。いや、立派だ！」

などとしきりに感心している。このスタジアムを目にしただけでも、ここへ来た甲斐《かい》があったという感じである。

平日の午後で、周囲にはまばらな人通りしかない。ぼくらは首が痛くなるまでスタジアムを見上げてから、遊園地の方へ向かって歩き出した。興奮がおさまってくるにつれ、本来の目的が胸に甦《よみがえ》ってくる。H君の大胆な発想に従って後楽園まで来てみたものの、アルバイトのことを誰に訊くべきなのかは分からない。

「こりゃ広すぎて誰に訊けばいいのか見当がつかんなあ」

しばらく歩いた後に、H君は困惑気味に呟《つぶや》いた。周囲を見回してみても、これといった人物は見当たらない。まさか通行人に尋ねるわけにもいかないし、これは困った。

「あ、あの人はどうだ？」

H君が指さす先を見ると、球場のガードマンらしき格好をした初老の男性が、ぼんやりと突っ立っている。何だか頼りない感じのおっさんだが、他に適当な人物もいないので、ぼくらはうなずき合ってから接近を試みることにした。

「あのー」

H君がおそるおそる声をかけると、おっさんは眠たそうな顔でぼくらを見た。

「ぼくたちアルバイトをしたいんですけど、雇ってもらえませんか？」

H君はいきなり切り出した。あまりにも唐突だったので、おっさんは一瞬きょとんとした顔をし、

「アルバイト？」

と尋ね返してきた。ぼくらは顔の前に風速十五メートルの風が巻き起こるほどの勢いで、そうそうそうなんですそうなんですとうなずいた。

「アルバイトならホラ、そこに鼠色の建物があるだろ？　あそこがアルバイトの管理事務所だからネ。あそこで訊いて」

おっさんはつまらなそうに答え、ヤダヤダ田舎者にヘンなこと訊かれちゃった、とでも言いたげな様子で、その場から立ち去った。ぼくらはおっさんの指さした方向を眺め、そこに〝アルバイト管理なんとかかんとか〟という看板を発見するなり、小躍りして喜び合った。

「ほらほら、見ろ見ろ。やっぱなあ！」

H君は得意満面でぼくの肩を叩《たた》き、先に立って歩き出した。

それにしても世の中は分からないものである。巨大施設へ行けばアルバイトの口があるだろうという大胆な発想のもとに後楽園を訪れ、警備員のおっさんに「雇ってくれ」と頼み込んだら、本当に道が開けちゃうんだから。一応昭和五十年代なのに、まるで二葉亭四迷の小説のようではないか。

さてアルバイト管理事務所を訪れたぼくら二人は、気が抜けるほど簡単に採用されることとなった。ビルの二階にある〝総合受付〟という所へ行って、

「雇ってくれませんか」

と頼み込んだら、学生証を見せるだけですぐにOKが出たのである。さすが後楽園。アルバイトは常時募集しているらしい。ぼくらは規定の書類に必要事項を記入し、翌日からすぐに働くことになった。

「時給三百十円。交通費は自分持ち。稼働日はナイターがある日の午後六時から十時まで。ただし五時半には球場入りすること。仕事内容は球場内の喫茶&スナックカウンターの販売補助」

というのが最初に言い渡された条件であった。なにしろ上京して初めてのアルバイトだったから、時給三百十円というのが高いのか安いのか相場なのか、ぼくらにはさっぱり分からなかった。しかしまあとりあえずバイト先が決まったということだけで、ぼくらは大

いに満足していた。特に熱烈な巨人ファンのH君は、

「巨人戦がタダで観戦できる！　運がよけりゃネット裏で観られるかもしれん！　ワンダホーなバイトだ」

と手放しで喜んでいた。かく言うぼくも、H君ほどではないが一応巨人ファンだったので、これは嬉《うれ》しかった。当時の巨人軍と言えば、長嶋が監督をしていて、王がまだ四番を打っていた。少年時代からの憧《あこが》れであったこの二人の雄姿を見ることができる！　それだけでも後楽園でバイトをする甲斐があるというものである。

ところが翌日、はりきって午後五時に後楽園を訪れたぼくらは、無残にも期待が裏切られたことを知った。スタジアムの出入口に掲げられた対戦カードに、こう書いてあったのである。

「日ハムVSロッテ」

これには心底がっくりきた。まあ冷静に考えてみれば、後楽園は日ハムのホームグラウンドでもあるのだから、当然と言えば当然の事態である。しかし興奮したぼくら二人の頭の中には、

「後楽園＝ジャイアンツ＝王・長嶋」

という図式がぱんぱかぱーんとできあがっていたので、落胆もジャイアントだったわけ

である。

「しょうがねえなあ」

ぼくらは舌打ちを漏らしながらアルバイト管理事務所へ赴き、挨拶《あいさつ》をした。ここで後楽園社員食堂の食券を購入し、スタジアム脇の社員食堂へ行く。食券は一枚五十円のものが十一枚綴《つづ》りで、五百円であった。この食堂は百五十円も出せばまともな食事ができたので、ぼくら貧乏学生にとってはまことにありがたかった。

二十分で慌ただしく食事を終え、いよいよ初仕事である。

ぼくらはむふむふと鼻息も荒く、スタジアム内へ足を踏み入れた。球場関係者であることを示すバッジを胸につけていたので、どこへ行くにもフリーパスである。これはなかなか気分のよいものであった。出入口には入場をチェックしている係の人間が立っているのだが、この人に向かって、

「うりうり！　見てくれ。うりうり！」

と必要以上に胸を突き出し、入場する。何だか自分が急に偉くなって、世間に認められたような気がした。

階段を上り、スタジアムの客席へ出ると、不意に視界が開ける。生まれて初めて眺める後楽園球場のグラウンドは、はっとするほど美しかった。既に照明が入っていて、外野の

緑も鮮やかに輝いている。グラウンド内には日ハムの選手たちが散って、三々五々練習を始めていた。

「広いなあ」

「きれいだなあ」

ぼくとH君はしばらくその場に立ち尽くして、球場全体をうっとりと眺めた。こんなに美しいグラウンドで、数十分後には死闘が演じられるなんて、嘘みたいだった。

喫茶&スナックカウンターの仕事は、ごく簡単なものだった。

初めにやらされたのは、ホットドッグをトースターに入れて焼く係である。ようするに裏方のさらに裏方だが、ぼくはドジを踏んではいけないと緊張してこの役目を果たした。H君は一塁側、ぼくは三塁側のカウンターに振り分けられてしまったので、孤軍奮闘といったオモムキである。

「はい、ドッグ三丁！　都合七丁！」

という威勢のいいかけ声がカウンターの接客係から飛んでくると、

「分かりやしたあ！」

と大声で答え、ドッグパンをトースターへ入れる。ダイヤルを回して三分に合わせ、焼き上がったら、これを隣に控えているウインナー係に手渡す。ただそれだけの仕事だが、午後七時を過ぎると客が殺到して、目が回るほど忙しかった。当然、グラウンド内を眺める余裕などない。ナイターをタダ見できると喜んでいたぼくらの目論見《もくろみ》は、呆気《あっけ》なく外れてしまったわけだ。

ただ唯一の救いは、八回の表が終了するとカウンターの片づけが始まることだった。手際よくやれば、九回の表からは試合を観ることができる。ぼくやH君ばかりではなく、球場内でバイトをしているほとんどの人間が、タダで試合を観ることに情熱を燃やしていたらしく、みんな血相を変えて片づけるものだから、それこそあっというまに店じまいが済む。

「おつかれさまー」

と声を掛ける間も惜しんで、ぼくらはネット裏へと急いだ。客席に座ることは暗黙の裡《うち》に禁じられていたが、通路に座って観戦する分には、誰にも文句を言われなかった。

ぼくとH君は示し合わせて、九回の表になるとネット裏で落ち合った。並んで通路に腰を下ろし、コーラなど飲みながら最終回の攻防に手に汗握ったわけである。最初の三日間は日ハム・ロッテ戦だったから、応援にも力が入らなかったが、翌週の巨人戦は大いに盛り上がった。特に二日めの試合は、九回裏四対四、ツーアウト満塁、バッター王、という

願ってもない展開になり、

「打ってくれーッ！」

と頭の血管切れちゃうほど声を張り上げて応援した。このバイトやっててよかったー、と心底思ったものである。

ところがぼくらは三週間もしない内に、つまり十回も通わない内にこのバイトを辞めてしまった。職場の人間関係も悪くなかったし、九回の表裏とナイターを観戦できる楽しみもありがたかったのだが、肝心のバイト料が問題だったのである。

時給三百十円。これが当時のアルバイト料として、標準以下であることが分かってきたのである。段々仲良くなってきた大学の友人たちに尋ねたり、学校近くのアルバイト紹介所で配っているチラシを見たりすると、時給四百五十円とか五百円という仕事がいくらでもあるようだった。しかもぼくの場合、交通費が支給されないことは結構痛い。西武柳沢から水道橋まで、往復で五百円ちょっとかかるのである。バイト料は一日四時間で千二百四十円だったから、交通費を自分で負担するとなると、その三分の一以上が失われてしまう計算になる。

「あんなに一生懸命ホットドッグを焼いて、一晩で七百円……」

そのことに気づいて、ぼくもH君も愕然《がくぜん》としてしまった。しかも西武柳沢から水道橋までは片道一時間余もかかるから、時間的にも大きな無駄がある。

「うー、何ちゅうかこう大穴の開いたヒシャクで水を汲《く》んでいるような気がする」

ぼくとH君はどちらからともなく不平を漏らし始め、相談した末に、最初のバイト料が支給された時点で辞めさせてもらおうと決めた。

後楽園の場合、とにかく器が大きいので、雇ってもらうのも簡単なら辞めるのも簡単であった。従業員三人しかいない中華料理屋で、その内の二人が辞めるなんて言うのとはワケが違う。ぼくらは結構緊張し、躊躇《ためら》い、どうしようどうしよう言いにくいなあと、さんざ迷いながら、

「あのうー、辞めたいんですけど……」

と小声で切り出したのだが、アルバイト管理事務所のおっさんは即座に、

「あ、そ。分かりました」

と答えた。厄介払いができてセイセイしちゃうぜい、という雰囲気すら漂わせていた。

何だかガッカリである。もうちょっと引き止めてくれてもいいのになあと、ぼくらは思わずにはいられなかった。ハイティーンの気持というのは、このへん複雑なものがあるのである。

ウエイターの痛恨

人間というのは学習する生物である。

沸かしたての薬罐《やかん》の把手《とって》を握り、熱いと知れば次からはいきなり握るのを控えるようになる。猫のそばで耳掃除をし、耳搔《みみか》きにジャレつかれて痛い目にあえば、次からは周囲に猫がいないか気を配るようになる。酔っぱらった勢いでふざけて両方の鼻の穴へギンナンを詰め、

「見て見て！　北島三郎でえーす」

なあんてウケを狙ったところが、取れなくなって耳鼻科へ駆け込むような目にあえば、生涯二度とギンナンは手にすまいと思う。ついでにドングリやビー玉やカンロ飴《あめ》にも気をつけようと思う。そうやってあらゆることに関して学習するからこそ、人類は進歩してきたのである。

ところが同時に、人間は忘却する生物でもある。

この忘却こそが人類の飛躍的な進歩を阻んでいると、ぼくは思う。いくら痛い目にあっても、半年もすれば忘れさって再び同じ過ちを犯す。再びどころか、三度も四度も繰り返

しては反省する。まことに性懲《しょうこ》りがない。進歩を根本から妨げるこの忘却という性質さえなければ、今頃人類は木星に基地くらい作っていたろうし、核兵器なんてものもとっくに廃絶されていたろうし、自動車は空を飛び、物質は電送され、自民党は消滅し、勝新太郎がパンツを膨らませることもなかったであろう。

しかし悲しむべきことに、人間は学習し、そして忘却する。

いっそのこと学習するのを一切止めて、忘却だけに専念した方がせいせいするのに、と思ってもそうはいかない。学習と忘却は、まるで食物と脱糞《だっぷん》のように深い関わり合いを持っていて、どちらか一方だけという選択は許されないのである。まったくもって厄介だ。

リンダ困っちゃう。

てなことを、学生時代のぼくは梅雨を迎えるたびにしみじみ考えたものである。何故梅雨なのかというと、これにはちゃんとした理由がある。

小学校、中学校、高校、大学と四月に新学期を迎えるたびに、ぼくは決意も新たに誓いを立て続けてきた。

「今年度こそ算数で四を取る！」

「今年度は受験に専念する。一切遊んだりしない！」

「今年度は何だかよく分からんけど無茶苦茶がんばる！」

というような誓いを四月に立て、場合によっては〝今年度の勉強グラフ〟なんてものまで作ってみたりもした。四月というのは気候もいいし桜も咲くし新しい教科書ももらえるし、とにかく新たに何かを決意するには最適の時期なのである。

ところが桜が散り、新しい教科書が少し古ぼけ、周囲の環境に馴染《なじ》んでくるにつれて、堅かった決意がじわじわと軟化し始める。そして梅雨入りをする頃までには、決意はすっかりふにゃふにゃになって、

「もうどうでもいいっす」

という感じになってしまうのである。

四月に決意し、梅雨にどうでもよくなり、秋口に焦り出す。このパターンをぼくは小学校から大学まで延々と繰り返してきた。いいかげん学習して何らかの手を打てばよさそうなものなのに、前年の苦い思いを忘却して、同じ過ちを犯す。馬鹿だなあとつくづく思う次第である。

大学一年生の梅雨時にも、ぼくはまた前年度と同じ過ちを犯している自分に気づいた。岡山からの新幹線車中で拳《こぶし》を固めて誓った通り、入学当初のぼくは青雲の志にボーボー燃えて、やる気のカタマリが服を着て歩いているような状態であった。

「とにかく俺はやる！」

という決意に満ち溢《あふ》れており、大学の授業はもとより、遊びもアルバイトも女も何もかもやってやってやりまくる勢いであった。ところがこのやる気満々の勢いが維持できたのは四月の最初の数日間だけで、キャンパス生活に慣れてくるにつれ、例によって決意がふにゃふにゃになっていった。そして六月の梅雨入り宣言を迎える頃には、

「全面的にやる気ありません」

という状態になってしまった。授業もつまらないし、遊ぶ金もないし、アルバイトをする意欲も湧かなければ、そばに女もいない。ただゴロゴロと六畳間に寝転がって文庫本を斜め読みしながら、

「何かいいことないかなあ」

などと考えるばかりである。世間ではこういう状態を指して〝五月病〟と呼ぶらしいが、ぼくの場合は六月病であった。何が原因なのかよく分からないが、どうもやる気が起きなくて、心も晴れない。

古今東西若者というのは身勝手な生物であるから、自分に都合の悪いことが起きたり思い通りに事が運ばなかったりすると、すぐに他人のせいにしたがる。この場合のぼくも例外ではなく、

「俺はこんなに才能があるのに、どうしてただの大学生なのだ。世間の連中は何も分かっ

とらん！ 腹立つなあもう」

などと考えたりした。いい若い者が六畳間でゴロゴロしているのは世間が悪いせいだと決めつけ、世間が悪い内は精力的に行動しても無駄だろうからゴロゴロしてようっと、という救いようのない悪循環に陥っていたのである。

六月の一ヵ月間のほとんどをゴロゴロして過ごしたぼくが、ようやく回復の兆しを見せ始めたきっかけは、一冊の雑誌であった。誌名は「日刊アルバイトニュース」という。今でこそテレビコマーシャルが流れ、知名度もずいぶん高いみたいだが、当時はそれほどでもなかった。特にぼくみたいに地方から出てきた田舎青年は、そんな便利な情報誌が存在するなんて夢にも思っていなかったから、後楽園のホットドッグ売りの時のように、アルバイト探しに苦心惨憺《さんたん》したのである。

だから大学の友人に教えてもらって、初めて駅の売店でアルバイトニュースを購入した時には驚いた。こんな便利なものがあるなんて、東京は本当にすごいと感嘆した。何しろ居ながらにして、東京じゅうのアルバイト募集の状況が把握できるのである。ぼくは駅のベンチに座って、このグレートな情報誌を隅から隅まで読んだ。そして時給の平均が幾らくらいなのかを知り、交通費支給とか制服貸与とか要普通免とか社保完とか正社員への登用アリとか、そういう単語を知った。と同時に頭の中で計算を始め、

「時給四百二十円ということは、一日六時間働けば二千五百二十円だな。一ヵ月に二十日働くとすると、五万四百円。ひゃあー！　ということはつまり一日十二時間、月に三十日働くと……十五万千二百円！　一日二十四時間、月に三十三日働くと三十三万二千六百四十円！　わおうー！」

などと稼ぎ高を弾き出しては興奮した。貧乏人というのはすぐにこうやって稼いでもいない金の計算をして、一人でニヤニヤしがちなものである。この性癖は現在に至っても直っておらず、

「一年に百冊本を出したらどうなるんだろうか？　えーと、一冊千二百円として印税が百二十円、一冊につき三万部売れるとしたら全部で……どひゃーッ、三億六千万円！　左ウチワ男の誕生だあ」

などと考えてニヤニヤすることもしばしばである。

しかし現実はそう甘くない。年に百冊本を出すこともできないし、月に三十三日アルバイトすることも不可能である。しかしこの時のぼくは頭の中だけに存在する金に目がくらんで、冷静な判断力を失っていた。自分はもうすっかり金持になったつもりで、駅からの帰り道にレコードを買ったりパチンコをしたりして、月末までの残り少ない生活費を気前よく使ってしまったのである。

こうなるともう後へは退《ひ》けない。六畳間でゴロゴロする怠惰な生活に終止符を打ち、アルバイトを始めざるをえなかった。切羽詰まったわけである。

部屋へ戻った後、ぼくはもう一度アルバイトニュースを広げ、真剣に検討し始めた。手持ちの金が極端に少なくなってしまったので、できれば自分のアパートから歩いていける範囲がいい。食事がついていれば、なおよろしい。しかも時給が千円くらい貰《もら》えれば言うことなしッ。

てな具合に勝手なことを考えながらアルバイトニュースを読み耽《ふけ》ったのだが、もちろんそんなに条件のいいアルバイトは存在しなかった。特に時給の面では四百円台の前半が相場で、千円なんてホストクラブに勤めても貰えそうになかった。

「うーむ。甘くないのう……」

希望に一番近い条件で見つかったのは、時給四百二十円、西武柳沢駅徒歩五分、食事付きのレストランのウエイターであった。〝トロピカーナ〟という店名で、新青梅《しんおうめ》街道沿いにあるらしい。ぼくは最後にもう一度アルバイトニュースを全部読み返し、他にもっと好条件のところがないのか確認した上で、肚《はら》を決めた。

「とにかく行動あるのみ、だ」

徐々に鼻息を荒くしながら部屋を出、近所の公衆電話まで行って、受話器を取る。十円玉を投入して、レストランの番号を回す。こういうふうに電話でアルバイトを申し込むのは初めてのことなので、ぼくは著しく緊張して呼出音を待った。

「はいレストラントロピカーナです」

ややあってから電話口へ出たのは、中年の男の声だった。ぼくはアルバイトニュースの欄外に〝連絡の際には、アルバイトニュースを見ましたと言って下さい〟と書いてあったのを思い出し、

「アルバイトニュースを見ました」

と馬鹿正直に告げた。相手の男は営業用の口調を急に止め、日常用のやや乱暴な口調になって、

「ああ、バイト君ね」

と答えた。ぼくは受話器を握りしめたまま、相手の次の言葉を待った。アルバイトニュースの欄外には〝アルバイトニュースを見ましたと言って下さい〟ということ以外には何も書いてなかったので、この台詞《せりふ》の後に何と続けたらいいのか、見当がつかなかったのである。しかし相手は相手で、ぼくが何かを言い出すのを待っているらしく、じっと耳を澄ましている様子だ。

奇妙な沈黙が電話線の中にどんよりと漂い始めた。ぼくはようやく自分の方から何か言

わなくてはいけないことに気づき、すっかり混乱して、

「あのあの、ぼくはですね西武柳沢に住んでいるので近くていいと思いますしお金もないので食事が出るのは助かりますし早稲田大学に通っていてアルバイトニュースを見ましたと言って下さいなのでアルバイトニュースを見ました見ました」

などと思いつく順にワケ分からないことを口走ってしまった。相手の男はぼくがアガッていることを見抜いたらしく、軽い苦笑を漏らした後に、

「ウチでアルバイトしたいわけね?」

と訊《き》き返してきた。

「そうですそうですしたいです」

「一応勤務時間は夜六時くらいからなんだけど、そのへんは臨機応変に融通きかせるから。いつから来てくれるの?」

「今日、いや明日からでも」

「そう。そりゃ助かるわ。じゃあ明日六時ちょっと前に来てくれる? 一応学生証持ってきて。あと黒いズボン。持ってる?」

「黒は……高校の時の学生服のズボンでもいいですか?」

「いいよ。それから白いワイシャツも自前で頼むね。ウチの場所は分かる?」

「あのー、新青梅街道沿いですよね」

「そうそう。西武柳沢の駅から真っ直ぐきて左へ。で、田無《たなし》へ向かって歩いて五分くらいかな。右側だから」

「はい、はい分かります」

「じゃ、よろしくね」

相手の男は何か急用でもできたのか、早口でまくしたてた後に受話器を置いた。ぼくはたった今自分が何を喋《しゃべ》り、何を聞いたのかも思い出せないほど混乱したまま、しばらく受話器を耳に押し当てていた。

レストラントロピカーナは新青梅街道沿いのガソリンスタンドの隣にあった。鉄筋三階建ての建物にしがみつくように取りつけられた螺旋《らせん》の外階段をぐるりと巡って二階へ上がると、薄いブルーに着色されたガラス扉があり、ちょうど目の高さに〝トロピカーナ〟と店名のロゴが書いてある。店内は落ち着いた雰囲気で、白い清潔そうなクロスをかけた各テーブルには、キャンドルなんかが置いてある。初めて訪れた時、ぼくはこのキャンドルに感動した。

「本格的じゃないの……」

と思ったのである。テーブルに置かれた一本のキャンドルに高級感を見出しちゃうなんて、まさに貧乏学生の発想だが、まあ許していただきたい。当時ぼくが自分の金で入れるレストランといったら、喫茶店に毛が生えたような店か、一膳飯屋《いちぜんめしや》みたいな店ばかりだったので、テーブルの上に品書きや箸立《はした》てではなくてキャンドルが置いてある風景というのは、すごく新鮮だったのである。

「いらっしゃいませ……」

おどおどした様子でぼくが入っていくと、黒服の中年男が奥の方から現れた。客と勘違いしたらしい。ぼくはその人が靴の裏に滑車でも忍ばせてあるかのようにスルスルと歩いてくる様子を眺め、

「何だかよく分かんないけどものすごくカッコつけた歩き方の人だなあ」

とひそかに感心した。今でもはっきりと思い出せるが、その人は本当に変わった歩き方をする人だった。分かり易く説明するなら、ミュージカル風とでも言えば適当だろうか。何ちゅうかこう〝歩く〟という行為の中に、やや大袈裟《おおげさ》な演出が加味されているのである。もちろん急に歌い出したり踊り出したりするわけではないが、演出の目的が、

「日本一カッチョよく歩く！」

という一点に集約されていることは明らかであった。

さてその日本一カッチョよく歩く男はぼくのそばへ来て、バイト志願の学生であることを知ると、くるりと踵《きびす》を返し、

「じゃ、こっちへ」

とぼくをいざなった。背は低いし痩《や》せぎすだが、そばで見るとその容貌《ようぼう》はカーク・ダグラスにちょっと似ていた。彫りが深くて、なかなかの男前なのである。

「マスター、マスター」

客のいないフロアを日本一カッチョよく歩きながら彼は、調理場の奥へ呼び掛けた。てっきりこの人が昨日電話に出た偉い人なのだと思っていたのだが、どうやらそうではないらしい。調理場の方には、客席からは死角になった位置に小さなカウンターがあり、三十代半ばのがっしりした男性が立っていた。

「ああ、バイト君ね」

マスターと呼ばれたその男性は、爪楊枝《つまようじ》を使って爪の掃除をしていたのだが、それを中断してぼくのそばへ歩み寄ってきた。身長百八十センチはありそうな偉丈夫である。

「昨日お電話申し上げた原田です。よろしくお願い申し上げます」

ぼくは馬鹿丁寧な言葉で挨拶《あいさつ》をし、頭を下げた。マスターはぼくを客席のひとつに座らせ、アルバイトの条件などについて説明し始めた。内容はアルバイトニュースに書かれて

いた通りだったので、これといった問題もなく話は決まった。そしてその晩から、ぼくはウエイターとして働くことになった。

「じゃ、蝶《ちょう》ネクタイの結び方から教えてあげよう」

日本一カッチョよく歩くマネージャーは、まず最初にそう言った。マスターからぼくの教育係をまかされたのである。三階にある従業員の休憩部屋兼ロッカールームで、ぼくは白いワイシャツと黒いズボンに着替え、日本一カッチョよく歩くマネージャーの手を借りて、蝶ネクタイをきりりと結んだ。

「それからこれね」

日本一カッチョよく歩くマネージャーはそう言って、何やらてかてか黒光りする太い帯のようなものを差し出した。

「何ですかこれ？」

「サッシュベルトだよ。腰に巻くんだ。ほらこうやって」

そういえば何かの映画のパーティーのシーンで、アラン・ドロンがこういうものを腰に巻いているのを見たことがある。巻いてみると、なるほど腰がキリリと引き締まって、背筋が伸びるような気がする。

「なかなか似合うじゃない」

日本一カッチョよく歩くマネージャーはお世辞のつもりかそんなことを言って、ぼくの腰を叩《たた》いた。

「ただ靴がなあ……もっときれいな黒の革靴持ってない？」

「革靴はこれしかないんですけど」

「じゃ、新しいの買いなさい」

「いや、今ちょっとお金が……」

「じゃあ明日はそれ磨いてらっしゃい。いいね？　ウエイターは清潔とかっこよさが基本だよ。普段よりちょっと気取って応対するのがコツなんだな」

「なるほどなるほど」

確かに彼はその〝コツ〟を実践している優秀なウエイターに他ならなかった。ただ、ちょっと気取るのではなく、おおいに気取っているのが玉に瑕《きず》だったのだが。

着替えを終えると、日本一カッチョよく歩くマネージャーはぼくを連れて二階へ下り、厨房《ちゅうぼう》のスタッフとぼくを引き合わせた。スタッフと言っても、チーフと見習いの二人である。チーフは三十代後半、よっちゃんと呼ばれる見習いは二十代前半だろうか。チーフは沖縄県出身の陽気な人で、人なつっこい笑顔の持主だった。よっちゃんは眼鏡をかけた無口な青年で、その容貌は若い時のサルトルに似ていた。

フロアの方の係は、マスターと日本一カッチョよく歩くマネージャー、そして日大芸術学部に通うTさんの三人である。このTさんというアルバイト学生は、将来ロック歌手になりたいなどと過激な夢を語っていたが、そのわりには素直な性格で、日本一カッチョよく歩くマネージャーの影響をモロに受けている様子であった。入口に客の姿が見えると、率先してフロアへ出ていくのだが、その際の歩き方は明らかに、

「気取ってます」

という感じなのである。しかし経験不足のためにマネージャーのように日本一カッチョよく歩けるわけではなく、せいぜい日本で六千八百番目にカッチョよく歩ける程度であった。

「やはりああいうふうに歩かなくては、店の品位が落ちてしまうのだろうか」

競い合うようにしてカッチョよく歩き回る二人の後姿を眺めながら、ぼくはやや辟易《へきえき》して思った。メニューを確かめてみると、レストラントロピカーナはちゃんとしたフランス料理の店で、値段も結構高いことが分かった。西武柳沢なんていう田舎で、この値段の食事を納得させるためには、従業員たちが必死でカッチョよくふるまい、客の目をくらます必要があったのかもしれない。

「伝票の料理名はフランス語で書いてね。まあ最初は無理だろうけど」

日本一カッチョよく歩くマネージャーは、そんなことも言った。一瞬冗談かと思ったのだが、本当にフランス語で書くのである。厨房へ注文を通す時は、

「はい、バーグ一丁」

「ビーフカツ一丁、もろこしスープ二丁」

などと言っているくせに、伝票だけはカッチョつけてフランス語なのである。おかげでぼくは大学のフランス語の授業はからっきしなのに、平目とかホタテとかウニとかカボチャとか仔牛《こうし》とかの単語だけは、即座にフランス語で書けるようになった。

さて何日かウエイターとしてのアルバイトを続けていく内に、ぼくは最初にマネージャーから言われた〝ウエイター心得〟があながち的外れなことではないと、思い至るようになった。少し気取って応対するというのは、ウエイターにとっては制服の上に着る制服のようなものである。緊張して、素のままでフロアに立ち、

「貧乏学生がアルバイトやってます」

という事実を前面に押し出しつつ注文を取りにいったりしたら、客はものすごく不審そうな顔をする。

「慣れてないなあ。こいつ大丈夫か?」

と思ってしまうのである。少し気取ってカッチョつけるのは、客にそう思われないための制服なのである。

そのことに気づいたぼくは、フロアに立つと一生懸命カッチョよくふるまおうと努力するようになった。が、それがどれくらい成功していたかは、自分では分からない。一週間ほど経った頃、日本一カッチョよく歩くマネージャーが、

「サマになってきたじゃない」

などと言ってくれたのだが、もしかしたら厭味《いやみ》だったのかもしれない。彼は根は悪い人ではないのだが、皮肉屋で、誰に対してでも少々棘《とげ》のあることを言った。年齢は明かさなかったが、マスターよりも年上であることは確かで、四十代の前半と思われた。以前帝国ホテルで働いていたというのが自慢らしく、休憩中に店のコーヒーを飲むたびに、

「この店はコーヒーだけは帝国よりも美味《うま》いんだよね」

と言って、日本一カッチョよく微笑むのであった。

一方マスターは遊び人で、田無の土地持ちの息子であることが分かってきた。トロピカーナのスタッフの中では唯一の既婚者で、子供が生まれたばかりだという。

「俺もよう、独身の頃はムスタング転がして女ひっかけてよう、〝田無の若大将〟とか呼ばれてたんだけどなあ」

などと昔話を語ったりもしたが、その顔は加山雄三というよりもチャンバラトリオのまんなかの人に似ていた。苦労を知らずにすくすく育ったお坊ちゃんであるらしく、細かいことにこだわらない鷹揚《おうよう》な性格は、皮肉屋のマネージャーと上手い具合に釣り合いが取れている様子であった。

「みんなさあ、そんなに一生懸命働くことないって」

自分がオーナーなのに、マスターは時々そんなことを言ってぼくらを笑わせた。彼は暇さえあれば遊ぶことばかり考えていて、営業中でも店にいないことが多かった。客の入りが悪いと閉店一時間前でも平気で店を閉め、

「麻雀麻雀」

とぼくらを誘ったりした。三階の休憩室に雀卓とパイが用意してあり、やろうと思えば毎日でも徹マンができるようお膳立《ぜんだ》てが整っていたのである。マスター、マネージャー、チーフ、Tさんの四人で打つことが多かったのだが、働き始めて十日ほど経った頃に、ぼくも誘われてメンバーの仲間入りをした。マネージャーはしきりにぼくを牽制《けんせい》し、

「強いんだろう？　早稲田だもんねえ」

などと言って、日本一疑り深い目でぼくの顔を覗《のぞ》き込んだりしたが、正直ぼくは余り上手い打ち手ではなかった。確かに大学では毎日授業をサボッて、友人たちと卓を囲んでい

たけれど、下手の横好きというやつだ。ただ体力とツキには自信があったので、長期戦になれば小遣い銭くらいは稼げるのではないかと踏んでいた。

ところが実際に卓を囲んでみると、マスターもマネージャーもチーフもおそろしく強かった。いくら工夫して打っても、全然上がれない。負ける一方である。一週間の内二日ほど、そうやって彼らの麻雀につきあったのだが、打てば打つほど負けがこんで、泥沼状態であった。もちろん現金は持っていなかったので、すべて給料日に清算する約束だった。おかげで最初の給料日には、二週間分のバイト料のほとんどが消え、手元には三千円くらいしか残らなかった。

「何て馬鹿なんだ俺は！」

暗い夜道をとぼとぼと帰りながら、ぼくは泣きそうになった。これでは鵜飼《うかい》の鵜ではないか。もう絶対にあの人たちとは麻雀をしないッ。

そう誓って翌日から新たなスタートを切り、一ヵ月間マジメに働いたのだが、次の給料日にまたもや魔の手がぼくに忍び寄った。四万円ほど入った給料袋を渡され、ほくほく顔で帰ろうとしたところ、

「あ、そうだ。ちょっと待った」

とマスターに呼び止められたのである。きょとんとした顔で振り向くと、マスターはポ

ケットから領収書を出し、

「二万五千円ね」

と意外なことを言った。

「何がですか？」

と訊《き》き返すと、マスターはヤだなあ忘れちゃったのと呟《つぶや》き、

「ほらあ、トロピカーナファイターズ。野球のユニフォームとスパイクの代金だよ。こないだ渡したろ」

同時にぼくの頭の中で特大の鐘があぁーんと響いた。

実は働き始めた当初から、ぼくはマスターの草野球のチームに勧誘されていた。トロピカーナファイターズといって、レストランの従業員と出入りの業者で構成されるチームである。野球は嫌いではないので、

「いいっすよ」

と気楽に応じ、普段着のまま二試合ほど参加したところ、おじさんたちの度胆を抜く活躍ぶりを見せてしまった。半分はマグレだったのだが、マスターはすっかりご満悦の様子で、

「原田君にはユニフォーム着てもらわないとなあー」

などと言って、ぼくの肩をばんばん叩きまくった。そしてその給料日の二週間ほど前に、真新しいユニフォームとスパイクを手渡されたのである。ぼくはてっきりタダで貰《もら》えるものと思ったので、

「いいもん貰っちゃったあ」

と無邪気にはしゃいでいた。ところがその代金を、給料日にいきなり請求されてしまったのである。

「悪いねえ。でもこれ、本当は三万五千円なのよ。一万円は俺が出すから」

「はあ、何ちゅうかその……とほほほ」

「そんな顔するなよ原田君」

「とほほほ……」

「来週、市営グラウンドで試合だからさ。がんばろうな」

「とほほほ……」

ぼくは泣く泣く二万五千円を払い、すっかり軽くなってしまった給料袋を二つに折ってジーパンのポケットにしまい、とぼとぼとアパートへ帰った。怒る気にもなれないほど脱力して、世間ってセチがらいものだなあと思い知った。

レストラントロピカーナでのアルバイトは、結局五ヵ月ほど続けた。最初の二回を除けばそれなりのバイト料もちゃんと入ってきたし、賄《まかな》いもついていたし、職場の人間関係にも満足していたので、辞める気はさらさらなかったのだが、店を閉じることになってしまったのである。ちょうどぼくが働き始めた頃、同じ新青梅街道沿いにファミリーレストランが二軒開業し、日を追うごとにそちらへ客を食われてしまったらしい。店を閉めることにしたよとぼくら従業員に告げた時、マスターはさすがに憔悴《しょうすい》し切った顔をしていた。

「トロピカーナファイターズは継続するから、原田君来てくれよな」

別れ際、マスターはそんなことを言って明るく笑っていたが、試合があるという連絡は一度も入らなかった。ぼくの手元には、ちょっとした虚《むな》しさとともに、まだ何度も使っていないユニフォームとスパイクだけが、ぽつんと残された。

フィルム販売員の開眼

つい先日のことだが、東京駅で懐かしいものを見た。午前零時近くである。中央線に乗ろうと駅地下のコンコースを急いでいる時に、ふと電光掲示板を見上げたところ、

「大垣行き」

という文字が目に飛び込んできた。大垣というのは京都の手前にある、東海道線夜行列車の終着駅である。その駅名を目にしたとたん、胸の奥にぱっと青空が広がるような気分を味わい、

「ああ、まだ走っているんだなあ」

という感慨を抱いた。まるで十五年ぶりに大学時代の友人と会ってみたら、そいつはまだ卒業していなくて相変わらず学生のままだった——というような驚きと照れ臭さと嬉《うれ》しさが入り混じった感慨である。大垣行きの東海道線夜行列車は、ぼくが大学の頃も現在と同じ、午前零時少し前に東京駅を発車していた。ぼくの記憶に間違いがなければ、十一時四十分だったと思う。

学生時代、この大垣行きには本当に世話になった。岡山の親元へ帰省するために、何度も何度も乗った。新幹線を避け、大垣行きの夜行を利用した理由は単純明快。安かったからである。特急券を必要としないから、新幹線の半額以下で岡山まで帰ることができた。ただその分時間はたっぷりかかったし、乗り換えなども面倒だったが、当時のぼくにとっては時間よりもお金の方が惜しかったのである。

東京駅を午前零時少し前に発車する夜行列車は、朝の七時前に大垣駅に到着する。ここからは各駅停車のぼろっちい列車に乗り継ぎ、京都か大阪で一旦《いったん》降りる。大阪で降りた場合は、

「せっかくだから市内観光でもすっか」

という意図のもと、改札を出て町中をうろつきまわることが常であった。しかしまあ観光といってもポケットに余分な金が入っているわけではなかったので、ただ闇雲に歩くだけで、ちっとも観光らしくなかった。歩くだけ歩いて汗だくになると、安そうな喫茶店を探して一服し、

「んー、大阪の街をすっかり満喫してしまったなあ」

と一人悦に入って駅まで歩いて戻ってくるのが、いつものパターンであった。だからぼくは今でも、大阪駅近辺のごちゃごちゃした地理を妙によく知っている。ただし歩ける範

囲に限るのだが。

一方、京都駅で途中下車する場合は、ただ闇雲に歩き回るだけでなく、いつもちゃんとした目的があった。京都にはぼくの大事な友達と、高校時代からつきあっている恋人が住んでいたのである。

友達の方はN君といって、京都の北、宝ヶ池の近くのおそろしく古ぼけた寮に住んでいた。彼は浪人生で、京都大学を狙って予備校に通っていたのである。京都で途中下車した際に何度か彼の寮を訪ねてみたのだが、これがまあ今にして思うとものすごい生活環境であった。

初めて訪れたのは確か十月の連休だったと記憶しているのだが、とにかく「駅から遠いぞ」という印象ばかりが先に立った。今はどうなのか知らないけど、当時の宝ヶ池といえば、

「何しろ宝ヶ池しかありませんッ。宝ヶ池なんだから宝ヶ池ですッ！」

と開き直って力強く宣言しちゃうような全面的宝ヶ池状態の陸の孤島であった。その宝ヶ池のすぐ脇に、ぽつんと置き忘れられたような格好で、N君の住む寮は建っていた。不動産広告風に説明するなら、

「京都駅徒歩六十二分。築四十二年。和室四畳半。台所ナシ便所ナシ風呂《ふろ》ナシ。北向日当

タリ悪シ。賄イ付キ」

といったところであろうか。とにかく遠い古い汚い狭い臭い、と五拍子揃った寮だったのである。

初めて訪れた時、N君は田舎くさーいジャージの上にどてらを羽織《はお》った格好でぼくを出迎えた。

「おう。まあ入れや」

といざなわれて室内に入ると、そこは純正にっぽんの四畳半とでも呼ぶべき、まごうかたない正真正銘の四畳半であった。家具といえば、コタツと書棚とゴミバコくらいのものなのに、それだけでもうギッシリという感じである。考えてみればこのコタツというのは、まことに日本的な発想のもと、四畳半のために発明されたのではないかと思えるほどのスグレモノである。何しろ利用価値が高い。まず冬は暖房器具として活躍し、勉強する際には学習机として、また食事の際には食卓として利用できる。コタツ板を裏返せば麻雀用の遊戯器具に早変わりするし、友人が泊まりに来た際には足を突っ込んで寝具としても活用できる。カッチョ悪いジャージにどてらを着込んで背を丸め、コタツにあたるN君の姿は、さながら〝怪人コタツ男〟とでも命名したいような雰囲気を醸《かも》し出していた。

このN君の四畳半の最大にして最悪の特徴というのは、壁一枚隔てた隣に共同便所があったことである。何しろ壁といっても本当に薄い壁で中がスカスカなので、音が丸聞こえなのである。ガタガタと便所の戸を開ける音や足音、咳払《せきばら》いなどが聞こえるのはまだ許せる。許せないのは用便中に、

「んむむむッ！　はー」

などと力む声までが、丸聞こえになっちゃうことである。これはちょっと堪えられないものがあった。深夜、辺りがしいんと静まり返った時間帯に、

「むむむッ。くくくーッ！」

などと力む声が聞こえてくると、こっちまで下腹に力が入って便意を催してしまうので、困りものであった。

「あー、嫌だ嫌だ。聞きとうない聞きとうない」

と意識を余所《よそ》へやろうとするのだが、つい耳を澄ましてしまう。N君はもう慣れっこになっているので、大して気にもならないらしいが、たまに泊まりにいくぼくは気になって気になって眠れなくなるほどだった。しかも力む声だけではなく、よおく耳を澄ましていると、

「ひゅううー、ぼたッ」

などと問題の品そのものの風切音や着地音まで聞こえるのである。初めてこの音を察知

した時には、怒りとか嫌悪感を通り越して、何ちゅうかこうしみじみとした虚脱感にすっぽり包まれ、

「はああー」

と深い溜息《ためいき》を漏らしつつ、青春って何か虚《むな》しいなあ……などと哲学してしまった記憶がある。

さて京都駅で途中下車した際のもうひとつの目的――恋人のJ子さんは、宝ヶ池の手前、一乗寺木ノ本町というところに下宿していた。彼女とは高校二年生の体育祭からのつきあいで、卒業してから京都と東京の大学に分かれても、いい関係が続いていた。およそ一月おきに、彼女が東京へ遊びにきたり、ぼくが京都へ行ったりして、今で言うシンデレラエクスプレス的なつきあいを続けていたのである。

高校を卒業してから初めて彼女が東京へ遊びにきたのは、確か五月の連休のことだったと思うが、その時のことは今でもはっきり覚えている。ぼくは後楽園でアルバイトをして得た金で臙脂《えんじ》色のジャケットを買い、青いシャツを着て紫色のネクタイをしめ、極楽鳥みたいな色彩感覚のコーディネートで身を固めて、

「恐いくらいに決まった！」

と一人で納得しながら、東京駅の新幹線ホームまで彼女を迎えに行った。もし今、ぼく

が新幹線のホームであんな格好をした大学生を見掛けたら、近づいていって、

「お前は激バカだ！」

と指摘してやりたくなるに違いない。しかし当時のぼくは、それが最高にカッチョいいスタイルだと信じて疑わなかった。若さというのは、まことに恐ろしいものである。

一方、新幹線から降り立ったJ子さんは、ジーンズ生地のフレアスカートに白いポロシャツを着てカーディガンを羽織り、襟元に黄緑色のスカーフを巻いていた。わずか二ヵ月会わなかっただけなのに、彼女はすっかり洗練されて、大人の雰囲気を醸し出していたのである。その姿を見て、ぼくはうっとりしてしまった。

「春風とともに君はやってきた」

なあんて詩でも書いて贈りたいような気分であった。

ぼくらは言葉少なに再会を喜びあい、ぼくの住んでいる西武柳沢のアパートへと向かった。途中、駅前の商店街で夕食の材料なんか買い込んでいる最中に、ぼくは幸福のあまり頭がくらくらした。高校生の頃、夢に描いていた恋人同士の姿というのは、まさにこれだったのである。

J子さんはぼくの部屋へ到着するやいなや、腕まくりをしてシチューを作り始めた。ぼくはベッドに横座りして、その様子をぼんやり眺めていた。考えてみれば、年頃の女性が

料理を作る様子を間近に見たのは、この時が初めてであった。J子さんは狭苦しい流しや切れにくい包丁や冗談みたいに小さい俎《まないた》を器用に使いこなし、あっという間にシチューを作り終えた。

本当のことを言うと、ぼくは小学校の給食の頃からホワイトシチューというものを苦手としていたのだが、この時ばかりは「うまいうまい」と積極的に食べた。味なんか全然分からないほど、興奮していたのである。ぼくの頭の九十五パーセントは、

「いよいよ親父に貰《もら》ったコンドームを初めて使う瞬間が近づいている！」

という熱い思いに占められており、残り五パーセントでシチューを食べたり彼女と話したりレコードを聴いたりケツを掻《か》いたりしていたわけである。

ところが食事を終えた後、J子さんは驚いたことに帰り支度を始めた。まさか今から京都へ帰るわけではあるまいと思いながら、

「どこ行くのさ？」

と訊《き》いたところ、彼女は東京の女子大に通っている女友達の名前を挙げた。そこへ泊まる約束なのだと言う。これを聞いて、ぼくは食べたばかりのホワイトシチューを全部吐きそうになるほど焦った。焦って焦って焦りまくった。しかしそれをあからさまにするのは恥ずかしくて、できるだけ落ち着いた表情を装いながら、

「やー、もう遅いし」

「東京は悪い奴が多いから」

「その女友達はレズかもしれんぞ」

などと必死で引き止めにかかった。J子さんはなかなかうんと言わなかったが、ぼくが本気で怒り始め、

「そんなに俺は信用がないのか！　俺は下に布団を敷いて寝ると言ってるじゃないか。何が不服なのだ！」

と絶叫したことで、ようやく折れた。今にしてみると、彼女は最初からぼくの部屋に泊まるつもりでいたのだと思う。ただ単に〝乙女の恥じらい〟みたいなものを演出するために、女友達の部屋へ泊まるなどと言ってみたのであろう。しかし弱冠十八歳、乙女心の何たるかも知らぬジャンボリー青年であったぼくは、まともに反発して余計なことを言ってしまい、そのために自分で自分の首を締める結果を招いた。別々に寝る、と断言してしまった手前、夢に描いていた甘いベッドインを展開するわけにはいかなくなってしまったのである。

「じゃあ、私寝巻きに着替えるから、あっち向いててね」

J子さんはたっぷりと恥じらいを含んだ笑顔でそう言い、部屋の隅っこへ行ってもそも

そと着替え始めた。ぼくは素直に部屋の反対側の隅っこへ行って、後ろを向いた。衣擦れの音がひそかに響くたびに、

「うわおうー」

と叫んで膝《ひざ》をばしばし叩《たた》きたくなったが、かろうじて自制しつつ、彼女が着替え終わるのを待った。

「もういいよ」

やがて彼女はそう言って、ぼくが振り返る前にベッドの中へそそくさと逃げ込んだ。一体どんな寝巻きを着ているのか知りたくて堪らなかったが、いきなり掛け布団をめくるわけにもいかない。ぼくはこわばった表情で瞳《ひとみ》だけをギラギラさせ、しかし可能な限り穏やかな口調で、

「では、おやすみなさい。俺はあのう、まだ起きてるから」

「え？　寝ないの？」

「うむ。これから小説を書くのだ」

そんなことを言って、机に向かった。我ながら見事な痩《や》せ我慢である。本当はケツから火を吹く勢いで彼女の横たわるベッドに飛び込みたかったが、ぐっと堪《こら》えたのである。部屋の蛍光灯を消し、卓上スタンドだけを灯《とも》して、一応原稿用紙を広げてみたものの、小説

なんか書けるわけはない。しかし彼女がこちらの様子を窺《うかが》っている気配もあったので、必死で書いている振りをした。
後年——つい最近になって、学生時代に書きためた原稿をダンボール箱から引きずり出して整理する機会があったのだが、その際にさっぱりワケの分からない原稿が何枚も出てきた。おそらくこの時に書いたものだと思われるが、せっかくだから少しだけここに紹介しよう。こんな内容である。

「あかさたなはまやらわ。俺は俺は、俺は今書いている。彼女は今隣のベッドで安らかな寝息を立て始めた俺は俺は俺は。がーッ。まいったまいった。何なのだ何なのだ。空を見ろ、鳥だ飛行機だいやいやいや。戦慄《せんりつ》青年一本槍《いっぽんやり》。刺すぞ刺すぞ。ああ何という愚かな俺俺俺……（原文ママ）」

まあ内容はともかく、十八歳のぼくがいかに混乱をきたしているかはよく分かる文章である。今読み返すと何だか気の毒で泣けてくるなあ。
とにかくこんな文章を書くことによって必死で自分を律しつつ、ぼくは悶々《もんもん》とした数時間を過ごした。そしてこの〝悶々〟が頂点に達し、

「んもう我慢できないィー！」

と野獣化してベッドの方を見やった時、とうの昔にぐっすりと寝入ってしまった彼女を発見したのであった。その寝顔はあまりにも安らかで、おかしがたい可愛らしさを湛《たた》えていた。今だったらそんなこと関係なしに飛びかかっていただろうが、十八歳の優しいぼくはもう手も足も出ない、という感じで観念し、薄っぺらい煎餅《せんべい》布団を床に敷いて、うなだれて寝てしまった。今にして思うとなかなか甘酸っぱい思い出ではあるが、当時のぼくにとってこの一件は、敗北以外のなにものでもなかった。

さてこの彼女が暮らしていた京都の下宿は、前述の通り一乗寺木ノ本町にあったのだが、ものすごく厳しい大家さんが一階に住んでいたので、帰省の途中でぼくが立ち寄っても、おいそれと中に入ることができなかった。いわゆる男子禁制というやつで、呼出し電話をかけることとさえ憚《はばか》られるほどだったのである。

「しかし一度くらい彼女の暮らす部屋の様子を見てみたいものだ」

京都に立ち寄るたびに、ぼくはひそかにそんなことを考えていた。いつも夜はN君の四畳半に泊めてもらい、昼間だけJ子さんと会う、というパターンを繰り返していたのである。これはまあたとえるなら前菜だけ豪華なキャビアか何かをちょびっと食べた後に、メインディッシュは納豆かけ御飯を掻き込むかのような、複雑な物足りなさを覚えさせる逢《おう》瀬《せ》であった。

この禁を破って、ぼくがJ子さんの下宿に忍び込んだのは、年も押し迫った十二月のことである。例によって帰省途中に京都へ立ち寄り、夕方からデートをした後に下宿の前まで彼女を送ったところ、

「離れがたいッ！」

という怒濤《どとう》の感情に支配されてしまったのである。彼女の方も似たような感情を抱いていたらしく、ぼくらは何を話すわけでもなく、下宿の近くの路上で手を握りあっていた。その内に彼女の方が、

「部屋に寄ってく？」

と遠慮がちに提案してきた。ぼくはその言葉だけで有頂天になり、

「寄ってく寄ってく寄ってく」

と機械仕掛けの人形のようにガクガクとうなずいた。すると彼女は急に真面目な顔になって、二階の窓を指差し、

「あそこから入れる？」

と訊《き》いてきた。ぼくはまたガクガクとうなずいて、

「入れる入れる入れる」

と答えた。その窓は言うまでもなく彼女の部屋の窓だったのだが、すぐ脇に椎《しい》だか松だか杉だかの樹が生えていて、登るのに頃合の枝を広げていたのである。

「じゃ、私先に入って窓開けるから。できるだけ静かにね」

そう言い残して彼女は玄関から建物の中へと消えた。路上に一人残されたぼくは、初航海出帆前夜のバスコ・ダ・ガマのように期待と不安に震えながら、彼女の部屋の窓を見上げていた。

やがてその部屋に明かりが灯り、窓が内側からしずしずと開けられた。緊張してこわばった彼女の顔がその隙間に覗《のぞ》くのと同時に、ぼくは周囲に人影がないことを確かめ、まずブロック塀によじ登った。

「忍法夜這《よば》いの術！」

てなことを呟《つぶや》きながら、今度は樹の枝に手をかけ、自分でも驚くほど身軽にするすると登って、あっという間に彼女の部屋の窓から中へ飛び込んだ。大成功である。それにしてもこの時、もし誰かに見咎《みとが》められていたりしたら、今頃ぼくの人生は大幅に変わっていたかもしれない。まことに無謀きわまりない、大胆な行動であった。

その翌日。

夜這いに成功したぼくは、下宿の大家さんが買物へ出た隙を見計らって、J子さんと一緒に玄関から表へ出た。入る時はあんなに苦労して、犯罪まがいの冒険をしたのに、出る時は気抜けするほど簡単だった。ぼくらはそのまま連れ立って京都駅へ向かい、鈍行列車に乗って岡山へと帰省した。

夏休みの帰省以来、四ヵ月ぶりに眺める岡山の街は、どういうわけか少し色褪《いろあ》せて見えた。おそらくぼく自身が少しずつ東京の人間になりつつあったためだろう。高校時代は何も感じなかった地方都市の不便さや、洗練され切らない田舎臭さ――そんなものが、東京に住むことによって徐々に明らかになっていったのである。しかしながら、だからといって岡山が嫌いになったわけではない。むしろその色褪せた雰囲気は、ぼくにとってありがたいものであった。東京での一人暮らしは、知らず知らず緊張を強いるものであったのだろう。岡山へ帰ると、ぼくは自分でも不思議なほどリラックスして一日を過ごすことができた。正月を前にして、高校時代の友人たちも続々と帰省していたし、何よりも恋人のJ子さんと毎日逢《あ》えることが嬉《うれ》しかった。

そんなある日。J子さんの家へ遊びにいった折に、彼女のお母さんがぼくを手招きして、重大な打ち明け事をするかのような顔でこう言った。

「原田君、アルバイトでけんかな?」

「バイトですか?」

急な提案だったので、ぼくは少々面食らって訊き返した。J子さんのお母さんというのは妙に顔が広くて、始終誰かからの頼まれ事を二つ三つ抱え込んでいるタイプの女性だった。高校三年の時に、ぼくが生まれて初めてアルバイトをしたガソリンスタンドの仕事も、このお母さん経由で入ってきた話であった。

「一番街のカメラ屋さんでな、二人くらいアルバイトを探しとるんよ」

「カメラ屋って……ぼくはメカっぽいことは全然だめですけど」

「あー、平気平気。ほら店頭にワゴン出して、お正月用のフィルムを売るだけやから、誰でもでけるがな」

「はー、なるほど」

「J子と一緒にやればええが。な」

ぼくはやや困惑して、隣にいるJ子さんの方を見やった。帰省してせっかくのんびり過ごしているのに、急にアルバイトに忙殺されるようになるのは少々気が重くもあったのである。しかしJ子さんはぼくの意に反して、にわかに興奮した表情で、

「面白そう。やろやろ」

などとはしゃいだ声を上げながらぼくの腕を引っ張った。こうなってしまっては、後に引けるはずもない。ぼくは曖昧《あいまい》な笑顔を浮かべながら、

「そうだなあ。やろうかあ」

と答えた。

J子さんのお母さんに紹介されたカメラ屋は、岡山駅前の地下街に店を構えていて、結構儲《もう》かっている様子であった。この地下街は当時まだできたてのホヤホヤで、どこもかしこも新しく、人通りもかなり多かった。アルバイトの条件は、午前十時から午後六時までの八時間（休憩一時間）で時給四百円。期間は十二月二十八日から三十一日までの四日間という約束だった。

ぼくとJ子さんは駅前で待ち合わせ、連れ立ってアルバイト先へと赴《おもむ》いた。店は夫婦者らしいおじさんとおばさんが仕切っていて、ぼくらの到着を今や遅しと待っていたらしい。入っていくと、おじさんがちょうど店の奥からワゴンを押してくるところだった。ぼくらの顔を見るなり、

「あ！　待っとったでぇ！」

と声をかけてきた。このおじさんはものすごく早口で、コマネズミのようによく動く人であった。

「仕事はな、簡単じゃから。このワゴンのフィルムを売ってくれりゃいいだけじゃから。

表へ出て、大きい声で〝フィルムいかがですかあ。お正月を写しましょう。フィルムお安くなってますよお〟と、こう言ってくれりゃええ。ほな頼んだで」

おじさんはマッハで説明し終えたかと思うと、一旦《いったん》奥へ引き返し、緑と白の格子柄のド派手なハッピを手に戻ってきた。背中に〝フジカラー〟とでっかく書かれた、販促用のハッピである。目にした瞬間、

「ひー。これを着るのか！」

とオヨビ腰になったが、おじさんはぼくらに迷う暇を与えず、

「はいはい。着て着て。はい袖《そで》通して。はいこっちも。はいできあがり！」

などと言いながら、あっという間にハッピを着させ終えたかと思うと、マッハで店の奥へ消えてしまった。ぼくとJ子さんは何が何だかワケも分からず、おじさんのなすがままにされ、はっと気がつくと緑と白の格子柄のド派手ハッピを着て店頭のワゴンの脇に立っていた。

「何か慌ただしい人ねえ」

J子さんは照れ隠しのようにそう呟き、あらためてぼくのハッピ姿を間近に眺めると、ぷっと吹き出した。

「すっごくヘン」

「そうかあ」

「そんな格好で人前に立ってるなんて、冗談みたい。だってほら……袖も丈もこんなに短くてつんつるてん」

「うーむ。確かに……」

ちょうど通路を隔てた正面が鏡状のガラスだったので、そこに映る自分の姿を眺めてみると、なるほど彼女の言う通り、ぼくはかなりヘンな奴であった。まったく同じデザインのハッピなのに、彼女の方はそれなりにプリティである。しかし身長百八十センチの大男であるぼくがそのハッピを着た姿は全然プリティではなく、どちらかというとオーマイガーであった。まるでアンドレ・ザ・ジャイアントがオチョボ口でさくらんぼを食べているかのような、名状しがたい滑稽《こっけい》さを醸し出しているのである。

「でもまあいいじゃない。四日間だけなんだし。頑張ってやろうよ」

J子さんはそんなことを言って、落ち込みそうになるぼくを励ましたが、何だか複雑な心境であった。ド派手なハッピを着させられてそこに立っているだけなら、まだいい。その格好で大声を上げなくてはならないというのが、ナイーブなぼくにとってはかなりの苦痛であった。

ワゴンを据えた目の前の通路は、正月用の買物にやってきた人々で大変な賑《にぎ》わいである。

その人込みへ向かって、

「フィルムお安くなってますよう。お正月を写しましょう！」

と叫ぶのは、結構勇気がいることである。初めの内は照れて萎縮《いしゅく》してしまい、蚊の鳴くような声で、

「えー、あのー、フィルムがー……ぼそぼそぼそ……ですよう」

としか言えなかった。通路を急ぐ客は、誰一人としてこちらを振り返りもしない。そういう状態が五分も続くと、さすがに心配になったのか、店の奥からさっきのおじさんがマッハで飛び出してきて、

「アホやなあ。それじゃ誰も買やせんがな。こうやるんじゃ。フィルムですよう！　お安いですよう！」

と声を張り上げた。オペラ歌手もまっつぁおの大声である。その横顔を眺めながらぼくは、大人っていうのは何ちゅうかこう吹っ切れた生物だなあと感心した。

「な、こういう具合じゃが。よろしく頼むで。君らがバンバン売ってくれにゃ、わしら正月越せんがな」

おじさんはそう言って、また店の奥へ引っ込んだ。残されたぼくとJ子さんは、互いに顔を見合わせ、確かに恥ずかしがってる場合じゃないなと言い交わし、どちらからともな

く、

「フィルムお安いですよう！」

「お正月を写しましょう！」

と大声を上げ始めた。一旦そうやって大きな声を出し、それにつられてフィルムを買うお客さんが何人か続くと、照れ臭さはいつのまにか霧散してしまった。傍から見たら、できそこないの夫婦漫才師みたいだったかもしれないけど、ぼくらは〝物を売る〟という純粋な喜びを味わい始めていた。

そんなふうにしてぼくの一九七七年は賑やかに暮れようとしていた。翌年、我身が引きちぎれるほどの大きな変化に翻弄《ほんろう》されようとは、この時点では知るすべもなかったわけだが……。

発送男の孤軍奮闘

大学時代にぼくが最も影響を受けた人物とは誰だろう。

小説家になることを夢見る青年としては、確かに多くの作家たちからの影響を受けもしたが、実生活レベルにまでその影響が及んだかと言えば、答えはノーである。作家たちからの影響の多くは、原稿用紙の中で完結しており、

「三島由紀夫のように生きよう！」

「太宰治のように死のう」

「大江健三郎のように悩もう」

てなことはほとんど考えなかった。一応生意気盛りの年頃でもあったから、既存の作家たちの生き方などに対しては、いわれのない反発を覚えてもいたのである。自分は誰にも似ていないタイプの物書きになり、原田宗典というジャンルを作るのだあ――これが弱冠十八歳のぼくが心に抱く〝青雲の志〟であった。今思うと、その志の余りの高さに目がくらみそうになるが、

「志は高ければ高いほどいい」

と偉い先生も仰《おつしや》っていることだし、それでよかったのかもしれない。確かに、高校大学の時分から、

「将来は大企業に就職してよう、まあ適当に働いて退職前に部長くらいまで上がればオンの字かなあ」

なあんて言っている奴は、決して社長にはなれない。部長になることに志の照準を合わせたら、現実はそれ以下——せいぜい課長止まりが関の山だろう。ぼくの学生時代もそうだったし、現在はもっとそういう奴が増えているらしいが、どうしてみんな志を低めに設定しようとするのだろう。口にしなくてもいい（いや、本当は口にした方がいいのだ）から、志くらい高めに設定すればいいではないか。別に志の高さによって納める税金が違ってくるわけでもないし、誰に迷惑が及ぶわけでもないのだから、

「何だか分かんないけど俺は日本一の男になるッ！」

というくらい思いっきり内角高めの志を抱いてもよさそうなものだ。ぼくらよりも少し前の世代の青年たちは、そういった意味でかなり高めの志を抱いていたように思う。たとえ小さな企業の営業マンとして就職をしたとしても、視線は高く、上を向いて歩こう的な不屈の精神があった。その元気のよさが、植木等演ずるところのスーパーサラリーマンなどを生み出し、

「こつこつやる奴ァご苦労さん。どうせこの世はホンジャラカホイホイ！」

などと正面切って笑い飛ばしちゃうような底抜けに明るい風潮を形作ったのではなかろうか。日本一のゴマスリ男、なあんて言い切ってしまう志の高さ——見習いたいものである。

いきなり話が横道へ逸《そ》れて、黄緑色のスーツを着た植木等が目の前を横切ってしまったが、本題へ戻ろう。ぼくが大学時代に最も影響を受けた人物の話であった。それは言うまでもなく植木等ではない。実は偉人でも有名人でもなく、同じクラスの友人G君であった。今反芻《はんすう》してみても、ぼくがこのG君から受けた影響というのは文化、社会、風俗とあらゆる側面に及んでおり、彼なしに現在のぼくは存在しないだろうとさえ思われる。G君というのは、ぼくにとってそれほど大事な友人であった。

ぼくが初めてG君と会ったのは、忘れもしない文学部の教室を繋《つな》ぐ廊下に据えられた長椅子の上であった。まだ入学式から間もない頃で、その日は教室に集まって教養課程のクラスの集合写真を撮ると言い渡されていた。ぼくは何となく鼻息を荒くして西武柳沢のアパートを後にし、時間通りにキャンパスに着いた。桜並木のスロープを上り切って校舎へ入り、指定された教室の前まで行くと、同じクラスの学生たちが続々と教室内へ入っていく様子が眺められた。彼らの後に続いて教室へ入ろうとした矢先、ぼくは足を止めた。廊下の壁際に据えられた長椅子に腰を下ろして、ゆったりと煙草を吸いながら文庫本を読んでいる学生と、ふと目が合ったのである。これがG君だった。目が合った瞬間、どういうわけかぼくは、

「ああ、面白そうな奴だなあ」

という直感を抱いた。既に指定された時刻は過ぎていて、他の学生たちは足早に教室へ入っていたのに、彼一人が泰然と構えて文庫本を読んでいたから、妙に気になったのだろうか。彼が座っている長椅子は、ちょうど背後の窓から春の光が差し込んでいて、実に居心地がよさそうであった。彼はその居心地のよさを知っていて、そこに陣取っているように思えた。ぼくはやや躊躇《ためら》った後に、踵《きびす》を返し、彼の隣に腰を下ろした。

煙草に火をつけ、静かに吸い込む。背中から後頭部にかけて、春の光がまんべんなく降り注ぎ、たちまち瞼《まぶた》が重くなってしまうほど心地好い。大学の校舎特有の汚れたワックスの匂いが、日射しによって温められた廊下から立ちのぼり、鼻先へ漂ってくる。ぼくはしばらく黙り込んだまま、壁に貼ってあるアジビラの一枚一枚をぼんやり眺めていた。その内に、廊下を行き交う学生たちの姿がまばらになってきた。

「中へ入らないの？」

心配になってきて、ぼくはそう尋ねた。G君は文庫本から顔を上げ、ぼくと目を合わせ

てからこう答えた。

「厭《いや》んなるよなあ。記念写真だって？　下らねえ」

この一言は少なからずショックだった。田舎の高校から上京して東京の雰囲気にすっかり舞い上がり、大学側に指示されたことをハイハイと素直に聞く頭しかなかったぼくにとって、斜に構えた彼の言葉はものすごく新鮮なものとして響いた。

これをきっかけにして、ぼくとG君は急速に接近するようになった。つきあってみるとG君は、最初に受けたアウトロー的な印象とは別に、思慮深さと無鉄砲の両面を兼ね備えた個性的な青年であることが分かってきた。経歴ひとつ取ってみても、彼はかなりの変わり種だった。年齢はぼくよりも二つ上で、もともとは獣医になりたかったらしく、現役の時は日大の獣医学科を狙っていたのだと言う。残念ながら獣医学科には落ちて、仕方なく農学部の畜産科に入ったのだが、

「毎日毎日、牛の糞《ふん》をスコップですくってよう、トラックに積み込むようなことばっかやらされてよう、俺ァすっかり厭んなっちまったんだ」

てな経緯があって退学し、一年勉強した末に早稲田の文学部に入ってきたのである。驚くほどの読書家で、難しそうな本をいつも小脇に抱えており、しかしそれが厭味にならないタイプの男であった。それから音楽。これも彼から教わることが多かった。都内にある

ジャズ喫茶に精通しており、いつもぼくを案内しては、見たことも聞いたこともないミュージシャンについてあれこれと教えてくれたものである。

G君は五年間（ぼくも彼も留年して結局五年間大学に在籍したのである）でさまざまな伝説を残したが、あまりに数が多いのでその一々をここに紹介することはできない。ひとつだけ代表的な伝説を紹介するなら、やはり彼の〝頭突き癖〟についてであろう。G君は酒を飲むと、あたり構わず頭突きをカマシまくるという悪い癖があった。仲間内では〝頭突き上戸《じょうご》〟などと呼ばれ、心から恐れられたものである。

普段はどちらかといえば温厚な性格なのに、酒が入り、目が据わってくるとこれはもう危ない。意味のない奇声を発したり、乱暴な冗談を言うようになってきたなあ……と思う間もなく、

「とりゃッ！」

などと言って、隣に座っている奴の側頭部へ頭突きをカマシてくるのである。これが痛いのなんのって、お前の頭はチタニウムかッと真顔で怒りたくなるくらい痛かった。この悪い癖のために、G君は最初のクラスコンパでかなりの人数の友人を失った。

「酔ったGには気をつけろ」

という噂がクラスの男子学生の間で囁《ささや》かれるにつれ、宴席ではG君の周囲にぽっかりと

真空地帯ができるようになった。しかし当のG君は大して気に病む様子もなく、酔った上での頭突き癖を治そうともしない。人間の相手がいなければ、壁だろうが柱だろうが畳だろうが車だろうが、とにかく所構わず頭突き殺法を繰り出すのである。大学四年の時に訪れた蓮沼《はすぬま》の「海の家五郎兵衛」において、トイレの壁に頭突きを食らわせ、直径二十センチの大穴を開けた武勇伝はあまりにも有名である。

さて他ならぬアルバイトについても、ぼくはG君から教わることが多かった。日刊アルバイトニュースという雑誌の存在を教えてくれたのも、大学近辺に点在するアルバイト紹介所について教えてくれたのも彼である。中でも後々まで役に立ったのは、下落合《しもおちあい》にある学徒援護会についての情報だった。

「何だかよく分かんねえけど、下落合の駅前にでかいアルバイト紹介所があるらしいぜ。一緒に行ってみるか？」

年が明けて間もない頃、学食で一杯百八十円のカレーを食べながら歓談している時に、G君はそんなことを言ってぼくを誘った。彼は自宅通学者で、小遣いは足りている様子だったから、いつもピーピーしているぼくのためにその情報をどこかから仕入れてきてくれたらしい。顔は武蔵丸に似ていてコワモテなのだが、実は優しい男なのである。

「下落合……て言うと、確か西武新宿線だよね？」

「高田馬場からひとつめだよ」

「近いんだな。じゃあ、ちょっと様子見に行ってみようか」

話がまとまり、カレーを食べ終えたぼくらは大学のキャンパスを後にして下落合へ向かった。その場ですぐにアルバイトを決めるつもりは毛頭なく、興味半分で覗《のぞ》いてこようという心積もりである。


学徒援護会の古ぼけたビルは、下落合の駅から歩いて一、二分のところにあった。駅を降りた時点から、周囲にはぼくらと同じような学生たちの姿が目立っていたが、ほとんど全員がこの学徒援護会のビルを目指していた。川が海へ流れ込むような具合に、貧乏学生の群れが線路沿いの細い道に流れを作り、学徒援護会のビルへ続々と入っていく。G君に伴われて初めて訪れた時は午後遅い時間帯だったから、学生たちの数も大したことはなかったが、後に朝一番で行ってみた時はあまりの学生の数に心底圧倒された。学徒援護会の受付開始時間は午前九時なのだが、できるだけ条件のいいアルバイトにありつきたい学生は、八時くらいからビルの前に行列を作るのである。


「うわー、うじゃうじゃいるなあ」

建物に足を踏み入れると同時に、G君は小さな声を上げた。確かに彼の言う通り、受付前の待合所は学生でごった返していた。広さは高校の教室くらいだろうか。部屋の中央に長椅子が固めて置いてあるが、ここに座っている者は少ない。ほとんどの学生たちは、入口の右側の壁に架けてあるバカでかい黒板の前に立って、真剣な表情でそこに書かれた白墨の文字を読んでいる。

「何だあれは？」

「分からん」

ぼくとG君は囁き交わしながら黒板の前まで進み、他の学生たちに混じって白墨の字を読んでみた。

〈41番　駒込＊引っ越し手伝い／午前九時〜午後六時／時給四百二十円／交・作業着支給／要普通免〉

〈66番　阿佐ヶ谷＊簡単な事務手伝い／最低一ヵ月以上／午前十時〜午後七時／時給三百九十円／交・支給〉

〈85番　草加＊焼きいも屋／短期OK／午後三時〜午後十時／時給四百円＋歩合＋交通費／要普通免〉

大きな黒板には汚い字で、そんな内容のことがびっしり書かれていた。ようするに学生たちはこの黒板のアルバイト条件を読んで、気に入ったものを見つけたら番号を控え、受付へ申請するのである。一通りざっと目を通してみたところ、ここで紹介してくれるアルバイトは短期のものが多い、という特徴が明らかになった。一日だけ、あるいは二日や三日だけのアルバイトが、数多く集められている様子である。

「うーむ……これはいいな」

ぼくが独言を漏らすと、隣に立っていたG君は不思議そうな顔で、

「何が？」

と訊《き》き返してきた。

「だから、ほら一日だけのバイトとか沢山あるじゃない。体が空いてる時にパッとここへ来てサッと決めて、てっとり早く稼げるじゃないか」

「ああ、そういう意味か」

「日銭が稼げるというのはいいよな」

「なるほどな」

「俺、何かやってみようかなあ」

ぼくはすっかりヤル気満々になって、もう一度じっくりと黒板を眺め始めた。よく見ると黒板には、黒板消しで消され空欄になったスペースがあちこちにある。条件のいいアルバイトはどんどん決まっていき、募集人数いっぱいになると、即座に消されてしまうらし

い。ぼくらが訪れたのは午後の遅い時間帯だったから、黒板に残っているアルバイトはいかにも、

「残り物です」

といった内容のものが多かった。仕事がキッそうな上に時給も安いアルバイトばかりだったのである。

「ハズレばっかりじゃないのかあ」

脇あいからG君が口を挟んできたが、ぼくとしては、こんなに大量の短期アルバイト情報を目の前にしながら、手ぶらで帰るのは何だか悔しい気がした。一日や二日くらいの労働なら、ちょっとくらいキツくても、試しにやってみたかった。

「あれ、どうかなあ」

黒板の前を三十分ほどうろうろして眺め回した挙句、ぼくは遠慮がちにG君に訊いてみた。

「どれ？」

「ほら、あの、24番のやつ」

「24番……西川口か。本の梱包《こんぽう》と発送？　十時から六時、一日でもOK。時給四百十円交通費支給か」

「時給は悪くないよね」

「う～む。まあまあだが、しかし本の梱包とは何だ？」

「だからあれじゃないの、本屋さんでさあ、レジに座って本にカバーかける人。ようするに本屋の店員だよきっと」

「じゃ、発送というのは？」

「発送は……売れ残った本を出版社に返品したりさ、するわけじゃない。そういう手伝いもさせられるんだろ」

「そうかなあ」

G君は不審げな顔で腕組みをしたが、ぼくはもう半ばやってみるつもりでいたので、精神状態がかなりハイになり、冷静な判断力を失っていた。これはもう絶対に本屋さんの仕事に違いない、一度本屋のレジに座ってみたかったのだあーッと思い込んでしまったのである。

「俺、やってみるよ」

「まあちょっと待てよ。他にも何か……」

「いや、俺、これやってみたいんだ」

ぼくはそう言い残して、学生たちが並ぶ受付の列の最後尾についた。初めてなので要領をえなかったが、前の学生が申請する様子を観察してみると、呆《あき》れるほど簡単であることが分かった。自分の番になったら受付の中年女性に学生証を提示し、希望のアルバイト整理番号を告げるだけである。

「……24番をお願いします」

十分ほど待って自分の番がきたので、ぼくは前の学生と同じようにアルバイト整理番号を告げた。受付の中年女性はぼくの学生証を手に取って、じろじろ顔を眺めた後、

「仕事の条件は黒板に書いてある通りだけど、何か質問ある?」

と尋ねてきた。ぼくが首を横に振ると、彼女は手元のファイルノートを捲《めく》って24番を探し出し、電話番号と担当者の名前をメモに走り書きした。

「じゃあ今日じゅうにここへ連絡して、あとは向こうと交渉して下さい」

ぼくはメモを受け取り、受付の前を離れた。手続きはこれだけである。不安げな顔で待つG君の傍らへ戻り、

「ここへ電話するんだってさ」

と拍子抜けした調子で告げると、彼は微笑みを取り戻して、

「がんばれよ」

と激励してくれた。

翌日、ぼくは早起きをして西川口の駅前へ向かった。電話で担当者と話したところ、駅前にある銀行の前へ九時半までに来てくれと言われたのである。

指定された銀行の前へ九時二十分くらいに行ってみると、そこにはぼくと同い年くらいの学生たちが四、五人、退屈そうに人待ち顔をしていた。こんなに大勢のアルバイトを必要としているとなると、かなり大型の書店なのだろう――そんなことを考えながら、ぼくも他の学生たちに混じって、ぼんやりとその場に立ち尽くした。

一月の寒い朝だ。吹きっさらしの舗道にじっと立っていると、すぐに爪先が冷えて痛くなってきた。背を丸め、足踏みをしながら煙草を吸う。西川口の駅前には、出勤途中のサラリーマンやＯＬの姿が右から左、左から右へと流れを作っていた。頭上には厚い雲に閉ざされた空が低く広がっており、決して爽快《そうかい》とは言いかねる朝だ。天気のせいばかりではなく、西川口の駅前風景というのは、どこかしら陰湿に沈んでいて覇気というものが感じられなかった。

「この町は全面的にヤル気ありません」

という印象なのである。ぼくは見知らぬ駅前風景を一渡り見回した後、ヤル気を失ってしまいそうな不安にとらわれ、慌ててポケットから文庫本を取り出して読み始めた。すると一ページも読み進まない内に、銀行の前へマイクロバスが停まり、中から鼠色のジャンパーを着た中年男が降りてきた。

「アルバイトの学生さんですねー。全員揃ってるかなあ」

中年男はそう言いながら、ぼくらの頭数を数えた。

「はい、六人ね。じゃあ皆さん、このバスに乗って下さい」

ぼくは眉《まゆ》をひそめながらも、他の学生たちの後に従ってバスに乗り込んだ。本屋の店員のアルバイトを迎えに来たにしては、何だか様子がおかしいと思い始めたのである。しかし他の学生たちは誰一人として不審げな顔をする者もなく、ごく当たり前の様子でバスに乗り込むので、

「これ、何のバイトなのだ？」

と尋ねるのも躊躇《ためら》われた。中年男はバスが走り出すと、小脇に抱えていたノートを開いて、学生たちの名前を呼び始めた。

「早稲田文学部の原田さーん。はい、君は何日やってくれるのかな」

やがてぼくの名が呼ばれ、そう尋ねられたので、

「今日だけです」

と答えると、中年男は「あそう」とつまらなそうに答えて、何事かをノートにチェック

した。

バスは殺風景な道を十五分ほど走った後に、何やら大きな倉庫の立ち並ぶ敷地内へ入っていった。これはもう明らかに本屋の店員のアルバイトではない。そのことに思い至って、ぼくは著しく緊張した。ひょっとしたらこれは噂に名高い〝タコ部屋行き人買いバス〟というやつなのではないだろうか。本の梱包だなんてうまいことを言って、本当は穴を掘らせたり鉄筋を運ばせたりした挙句、疲れ切って使い物にならなくなった学生自身を梱包して東京湾へ棄てたりするのではないだろうか。ううう、恐ろしいことだ。一体どうしたらよいのだあ。

やがてバスは飛行機の格納庫のようにバカでかい倉庫の前へ停まった。中年男に続いて学生たちも続々と降りていく。ぼくは緊張した面持ちで、一番最後に降りて辺りを見回した。やはり本屋ではない。周囲の風景から考えると、かなりの重労働が予想される。倉庫の中で、一体何をやらされるのだろう。

「はい、じゃあ皆これを嵌《は》めて、後からついてきて下さい」

中年男は手慣れた様子で全員に軍手を配り、先に立って歩き出した。軍手は何度も洗濯して使い古されたもので、左手の薬指には穴が空いていた。

中年男の後について倉庫に入ると、同時にぷんとインクの匂いがした。倉庫内にはあちこちに本の山が築かれており、沢山の人が忙しそうに立ち働いていた。ここへきてぼくはようやく仕事の内容を理解した。本の梱包《こんぽう》・発送というのは、本当にその言葉通りの仕事だったのである。うずたかく積まれた本を、書店別に梱包機で梱包し、宛名を書いて発送する――そういう仕事である。

「えーと。じゃあ原田君は……そこの右端の梱包機のところへ行って、おばさんたちを手伝って下さい」

中年男にそう言われて、右端の梱包機のそばへぼんやり歩いていくと、目を吊《つ》り上げて機械を操っていたおばさんが、

「あんた！　学生さん！　ぼーっとしてないで、ほら、こっち来て本を積んで」

と声をかけてきた。彼女の説明によると、ぼくの仕事は本の山から梱包機のところまで本を運んでくることと、梱包された本に宛名を書くことらしかった。口で言うのはたやすいが、実際にこれをやってみると、大変な仕事だということがすぐに分かった。本の運搬か宛名書きか、どちらかひとつだけなら大した苦労もないのだが、鬼のように梱包しまくるおばさんのペースに合わせて、両方こなすとなると慌ただしいことこの上ない。ぼくは本を運んできては梱包機の脇へ積み、ある程度たまってくると、今度は配送表を睨《にら》みながら梱包された本の表へ宛名を書いた。もたもたしていると、ついさっき二百冊も積んだは

ずの本がなくなり、

「ほらほら、本だよ。持っといで」

とおばさんに叱責されてしまう。何だか子供の頃にテレビで観た「底抜け脱線ゲーム」のゲームみたいだった。先端に針をつけた玩具の機関車が風船を割ってしまわないように気を配りながら、こっち側でパズルを完成させていくゲーム——ちょうどあんな感じの慌ただしさである。

「うう……これはケツを掻《か》く暇もないな」

ぼくは独言を漏らしながら、本を運んでは宛名を書き、宛名を書いては本を運んだ。一時間ほどそうやってコマネズミのように働いたところ、山積してあった本の数が残り少なくなってきた。

「よしよし……これでちょっと休憩できるわけだな」

そう思ってほっとしたのも束の間、倉庫の奥からフォークリフトが現れ、今度は雑誌を山と積み始めた。休憩なしのまま、おばさんはその雑誌を運んでこいとぼくに命令してくる。地獄であった。

その雑誌は「主婦の友」で、別冊付録が挟み込まれており、やたらに重かった。ひいひい言いながらこれを運搬し、梱包機のそばへ積んでいく。どうせならフォークリフトでここまで運んでくれればよさそうなものだが、一台しかないためか、そんな悠長なことはしてくれないのである。一箇所にまとめてドスンと積んでいき、これを各梱包機についた学生アルバイトが、それぞれ運んでいく。そういうふうに倉庫の掟《おきて》が決まっている様子であった。ぼくは雑誌の山と梱包機の間を何度も往復し、宛名を書きまくっている内に、頭の中が、

「主婦の友主婦の友主婦の友主婦の友主婦の友主婦の友主婦の友主婦の友主婦の友主婦の友主婦の友主婦の友……」

と全面的主婦の友状態になってしまい、気が狂いそうになった。世の中にはこんなに沢山の主婦の友があったのかと、あらためて思い知らされた次第である。

そうこうしている内に、正午が近づいてきた。おばさんの話によると、十二時から一時までは昼休みということなので、あともう少しで休憩することができる。さすがにおばさんも疲れてきたのか、少々ペースが落ちてきた頃、宛名を書いていたぼくははっとして手を止めた。

「京都市左京区一乗寺……○○書店様」

そんな住所が目についたのである。偶然だが、ぼくはこの書店を知っていた。京都に住む恋人のJ子さんの下宿から、歩いて五分ほどの商店街にある書店である。ぼくはしばら

く手を止めて、その住所をじっと見つめた。そしてJ子さんの顔と、彼女が書店へ行って主婦の友を手に取る姿を想像し、身をクネクネさせて叫び出したい衝動にかられた。この主婦の友は京都へ行くのだ。J子さんのすぐ近くまで行くのだ。そう思うと、居ても立ってもいられないような気分になった。

いつまでも眺めていたかったが、おばさんの手前そうもいかない。ぼくはマジックを握る手に力を籠《こ》めて、しっかりした字で京都の宛名を書き、脇へ積んだ。今夜はきっとJ子さんへ電話をしよう。そして今日、ぼくが運んで宛名を書いた主婦の友が、京都へ向けて旅立っていったと告げよう。彼女はどんな反応を示すだろう。喜ぶだろうか。それともつまらなそうに「ふうん」と答えるだけだろうか——そんなことを考えながら、ぼくは運んでも運んでも減る様子のない主婦の友を梱包機の脇へ積み重ね、次から次へと宛名を書きつらねていった。

製本補助員の戦慄

　ぼくの父方の祖父は、もともと長野の人間であったが、若い時分に青雲の志を抱いて満州へ渡った。技師として満鉄に勤め、そこでかなりの財を築いたという話である。

　ぼくの父親は長男として、大正十五年に満州で生まれた。物心ついた時には、部屋が十幾つもある二階建ての豪邸に住み、中国人の召使が何人もいて身の回りの世話をやいてくれていたという。

「馬に乗って走っても、端から端まで半日もかかるほどの土地を持っていたんだ」

と、父親が自慢げに話すのを聞いた覚えがある。満州に住む日本人の羽振りがいくらよかったからといって、一介の技師がそんな土地を持てるほどの給料を貰《もら》っていたとは到底思えないが、父親の弟、つまりぼくの叔父《おじ》も同じような思い出を語っていたから、あながち嘘ではないらしい。

　いずれにしてもぼくの父親は幼年期から思春期を満州で過ごし、かなり裕福な暮らしを享受《きょうじゅ》していたらしい。しかし彼にとっての黄金の日々は、太平洋戦争を境にして、あまりにも呆気《あっけ》なく崩壊する。敗戦を迎え、祖父の財産はすべて中国政府に没収された。それまでは召使として仕えていた中国人と、主であった日本人との立場が、完全に逆転した。掌を返すようなその光景を父親は目の当たりにし、家族とともに丸裸で日本へ引き揚げてきたのである。彼は二十一歳だった。そしてまったくのゼロから出発しなければならなかった。

戦後復興期の中で闇雲に生きてきた父親の青春については、何度か話を聞いたこともあるけれど、かなり大袈裟《おおげさ》な誇張が施されていて、どこまでが本当なのかぼくには判断がつかない。闇屋として地方と東京の間を何度も往復する内に警察に捕まったとか、間組《はざまぐみ》にしばらく身を置いて羽田空港を作ったとかいう話はまだ信憑性《しんぴょうせい》もあるが、密輸船の乗組員として海賊を相手に機銃をぶっぱなしたことがあるとか、駿河《するが》湾に沈む爆弾を引き上げて一儲《ひともう》けしようと企《たくら》み、GHQにかけあったことがあるなんて話を聞くと、どうしても眉《まゆ》に唾《つば》をつけたくなる。

しかしいずれにしても父親が青春の入口で、いきなり強烈な挫折感《ざせつかん》を味わわされたことは確かだろう。たった一日で、持っていたものすべてを失う。そして明日は死ぬかもしれないという予感の中で、喘《あえ》ぐように生きる。そんな青春を送る中で、父親は徐々に刹那的《せつなてき》な性格を形作っていたのではないかと、ぼくは想像する。

今日がよければ、それでいい。明日のことは明日になれば何とかなる——これがぼくの父親の基本的な生き方である。祖父のようにいくら懸命に財を成しても、そんなものはいつ引っ繰り返るか分からない。だから稼いだ金は即座に使って、今日の内に楽しんでしまわなければ損だと、父親は頭ではなく肌で感じながら生きてきたに違いない。

父親のこの考え方は、後にぼくらの家庭に幾度かの破綻《はたん》をもたらした。一度めはぼくが小学校二年生の時。父親は余所《よそ》へ愛人を作り、母親を棄てようとした。その女の人のもとへぼくと妹を連れて行き、新しい生活を始めたのである。結局その暮らしは二年と続かずに泡と消え、ぼくら家族は全員もとの鞘《さや》へ収まったのだが、この一件を境にして、ぼくの父親観というのは少々複雑なものになった。

そして二度めの破綻は、ぼくが大学二年生の時。奇《く》しくも父親自身が戦地から実家へ戻り、すべてを失った自分を見出した年齢とぴったり一致している。

父親はもともと博打《ばくち》好きな男で、若い時分からかなりの大金を勝負事に注ぎ込んでいたが、その一方で口八丁手八丁の才覚を生かしたセールスの仕事で大いに稼いでいたので、それなりにバランスは取れていた。ずいぶん長い間、あぶなっかしい綱渡りでぼくら家族の生活を何とか支えていたのである。そのバランスが崩れ始めたのは、後で聞いた話によると、ぼくがまだ高校に通っていた頃であったらしい。セールスの仕事が思うようにいかなくなったにもかかわらず、博打を控えようとしなかったのである。

結局、父親は博打で負けた穴を借金で補うようになった。借りた先は、町のサラリーマン金融である。もともとの借金は五十万かそこらの金だったらしいが、これがあっというまに膨れ上がった。こっちから借りてあっちへ返し、あっちから借りてこっちへ返すようなことを繰り返している内に、数千万円の借金を背負い込むハメに陥ったらしい。早稲田に入ったぼくの入学金も、授業料も、仕送りもすべて、サラ金で借りた金であったという話である。

そしてとうとう父親は切羽詰まった。岡山じゅうのサラ金で借りまくった挙句、父親の名前は金融業者のブラックリストに載り、もうどこへ行っても相手にされなくなってしまったのである。もちろんそうなる前に、親戚《しんせき》からも友人からも借金をして、返せないまますべて踏み倒した。結果、父親に金を貸してくれる人間は、この世に一人もいなくなってしまったらしい。

サラ金の規制法がまだ何もなかった時代である。利息分の返済が滞るやいなや、実家の電話は一日じゅう鳴りに鳴ったという。百箇所をこえるサラ金からの取り立ては、激烈を極めた。ヤクザまがいの取り立て人が家を急襲し、妹の貯金箱の金まで毟《むし》り取っていったらしい。

治外法権の東京でのほほんと暮らしていたぼくのもとにも、岡山のサラ金業者から何本か電話がかかってきた。ぼくはアパートの大家さんの玄関先にある呼出し電話でそれを受け、どういうことなのかワケが分からずに困惑した。サラ金業者の男の話によれば、父親が借金を残して姿をくらまし、見つからないのだという。

「お前、隠したらタメにならんど。ええか、わしらを甘う見るなよ。東京じゃろうが北海道じゃろうが、わしらァ追いかけていくからの。逃がしゃへんで」

サラ金の男はドスの利いた声でそう言い残し、電話を切った。ぼくは口もきけないほど動揺したが、不思議なことに頭の芯《しん》は氷のように冷えて、冴《さ》え渡っていた。父親がかなり大きな額の借金を抱えていることは、大学に入学する頃から薄々知っていた。帰省するたびに、母親が暗い顔をしていることも気がかりだった。だから、いつかこうなる日が訪れることを、ぼくはずいぶん前から予感していたのである。

偶然にも、そのサラ金業者からの電話を切って部屋へ戻ってみると、郵便受けに母親からの手紙が入っていた。そこには、これまで父親がどのようにして借金を増やしていったかの経緯と、切羽詰まった現在の状況が洗いざらい書かれていた。読んでみると、父母がぼくを東京の私立大へ入学させたことも、大きな博打のひとつであったことがよく分かった。本当のところは、入学金を捻出《ねんしゅつ》するどころか、月に三万円の仕送りをすることすら難しい状況だったのである。

「それでも何とかあなたには大学を卒業してもらいたい。授業料は長野のおじいちゃんに頭を下げてでも何とかする。ただ毎月の仕送りは、今後一定の額を送ることはできないと思う。どうか無駄遣いをしないで、賢く生活して下さい」

母親からの手紙は、そんなふうに結んであった。

子供が大人になる瞬間というのは、誰にとっても曖昧《あいまい》なものである。成人式を迎えたからといって、その日から大人の自覚が芽生えるわけではない。しかしぼくは、今思い返してみると、この母親からの手紙を読んだ瞬間に、大人になったと思う。それまで心のどかで拠《よ》り所にしていた親の庇護《ひご》をすっぱりと断ち切って、一人で生きていくという決断を下さなければならなかったのである。道は二つあった。一つは大学を辞め、できるだけ給金のいい職に就くこと。もう一つはアルバイトをしながら、このまま大学生活を続けること。結果的にぼくは後者を選んだ。授業料と生活費をすべてアルバイトで稼ぐ。行き詰まった時点で、大学を辞めればいいと決意したのである。

決断にあたっては、くよくよ悩むことはなかった。世間知らずの青二才だったせいもあるだろうが、三十秒で肚《はら》をくることができた。同時に、これからは小説を書くということが自分自身にとって唯一の支えになっていくだろう、という予感があった。

事実、ぼくは大学二年生の晩夏から後の重苦しい七、八年間を、小説を書くのだというただ一つの大義名分によって支え続けた。原稿用紙の中だけが、ぼくにとっての唯一の逃げ場であり、希望でもあった。他にどこへ逃げることもできなかったし、ささやかな希望を抱くこともできなかったのである。

父親が行き詰まり、生活が破綻したことが明らかになった日を境にして、ぼくのアルバイトに対する態度もがらりと変わった。どんなに辛《つら》い仕事でもいいから、バイト料がいいものを探す——金本位主義と、ぼくは冗談めかして呼んでいたが、とにかく躍起になって稼ごうとしたのである。

この時期、ぼくは短期のアルバイトを幾つか渡り歩いたが、最初にありついたのは製本所の仕事であった。例の下落合にある学徒援護会で紹介してもらったもので、十日ほどの短期だったが、時給は相場の二割増しくらい貰《もら》えた。学徒援護会へは、同じクラスのE君を伴っていたので、彼と二人でやることにした。

E君は鹿児島のラ・サール高校出身で、ぼくよりも三つ年上だった。東大を狙って浪人したものの、上京して遊び惚《ほう》けている内に面倒臭くなって早稲田に入学したのだという。温厚な性格で頼りがいもあったので、クラスのみんなから慕われる存在であった。ぼくも彼に対しては、友人というよりも兄のような感情を抱いていたので、日頃から何やかやと相談に乗ってもらっていた。だから一緒に製本所でアルバイトをしようと決めた日の帰り道、喫茶店でお茶を飲んでいる時に、家の一大事を素直に告白した。煙草をふかしながら話の一部始終を聞いたE君は、しばらく憂鬱《ゆううつ》そうな顔で考え込んでいた。それから急にパッと明るい表情になって、テーブル越しにぼくの肩をどすんと小突き、

「お前、そんな顔しても始まらんぞ。前へ進むしかないだろう」

と気楽な調子で言った。同情の言葉を期待していたぼくは、顔色が変わるほど動揺してしまった。金とは言わないが、形のない何かをE君から恵んでもらいたいと朧《おぼろ》げに期待していた卑しい性根を、見透かされたような気がしたのである。

同時にぼくは、いくら親しい友人でも、この問題に深く立ち入ってくれる者はいないのだと思い知った。これはぼくと、ぼくの家族だけの問題なのだ。それ以外の人間に何も期待してはいけないのだ。人前で深刻ぶるのは止めよう。話すなら笑って話すのだ。そして意地でも、今まで通り気楽そうに大学生活を送ってやる。金がないから友人たちとは遊ばないなんて、そんな辛気臭いことは死んでも言うまい。三食抜いてでも、遊ぶ時は遊んでやる——そんなことを、ぼくはE君との短い会話の中で決意した。

ぼくとE君が一緒にアルバイトをした製本所は、神楽坂《かぐらざか》の駅から坂を下ったあたりにあった。牛込《うしごめ》文化というポルノ映画の上映館の脇道を奥へ入ると、そこかしこから印刷のインクの匂いがつんと鼻をつく。周辺には小さな印刷所や製本所が何軒も建ち並んでいた。全体的に灰色っぽい、くすんだ印象が漂う町並みである。

九月下旬のぬるい小雨がそぼ降る朝のことであった。

ぼくとE君は学徒援護会で聞いた住所を頼りに、うねうねと曲がりくねる一方通行の細い道を歩いていった。似たような製本所が沢山あるので、かなり迷った挙句に、ぼくらは約束の時間に十五分ほど遅れて目的地に辿《たど》りついた。

製本所の入口には、トラックが二台入れるほどのスペースがあり、本を満載した黄色いフォークリフトが忙しげに右往左往していた。そのスペースの奥に製本のためのラインがあり、がっちゃんがっちゃんと規則正しい機械の音を響かせていた。中に入ると、インクと紙と体臭が入り交じったような、独特の匂いが鼻を撲《う》った。

「何ちゅうかこう、労働って感じだなあ」

「うーむ確かに。これは労働以外の何物でもないなあ」

ぼくらはそんなことを言い交わしながら中へ入り、所長という人に面会を求めた。製本ラインから発せられる騒音があたりを支配しており、互いの声もなかなか聞き取れないほどである。

　ざっと見渡したところ、工場の広さは学校の教室くらいだった。中央から右側が製本のライン。曲がりくねったレールがちょうど腰くらいの高さに設置してあり、ここを二つ折になった本のページが次から次へと流れていく。ラインが進むにつれて、本のページはどんどん足されてぶ厚くなり、最終的には一冊の本として製本される仕組みである。その様子はいつだったかディズニーのアニメで観た、トランプの兵隊の行進のように規律正しく、しかも滑稽《こっけい》だった。ラインには五人ほどの人間――加藤茶が冗談で扮装《ふんそう》を凝らしたかのようなおじさんと、パートのおばさんが四人ついていて、それぞれ真剣な表情で二つ折の本のページを挟み込んでいる。どうやらこのラインは機械で製本していく過程と、手作業で挟み込んでいく過程が混在しているらしい。一方左側には巨大なカッターが二台据えてあり、それぞれ製本された本の四隅をバサッ、バサッと切り揃えている。

「所長、まだかな……」

　ぼくとE君はライン工程と巨大カッターの間にぼんやりと立ち尽くし、所長という人物が現れるのを待っていたが、手持ち無沙汰《ぶさた》なのでじりじりし始めていた。

「……しかしこれはまるで横光利一の『機械』みたいな風景だな」

　E君がそう呟《つぶや》いたところへ、それまでライン工程についてページを挟み込んでいた加藤

茶的おじさんが、汗を拭き拭《ふ》きやって来た。ぼくらと目を合わせるなり、にっこり笑って頭を下げ、

「所長のオオウチです」

と挨拶《あいさつ》してきた。まさかその冗談みたいなハゲチャビンのおじさんが所長とは思ってもみなかったぼくらは、大いに面食らった。慌てて頭を下げ、

「早稲田の原田です」

「Eです」

と挨拶をした。加藤茶的おじさん所長はぼくら二人の顔を交互に眺め回し、にこやかな笑みを浮かべたまま、

「学部は？　学生証見せてくれる？」

と訊《き》いてきた。ぼくらは言われた通り学生証を提示し、加藤茶的おじさん所長のハゲ頭を見下ろした。

「……ああ文学部ね。分かりました分かりました。一応十日間の約束でお願いします。それでいいのかな？」

「はい」

「じゃ、連絡先なんかは後で教えてもらうから、早速仕事にかかってもらえるかな。こう

いう仕事、初めてです」

「はあ、初めてですか？」

「じゃあ二人ともね、あっちのカッターの手伝いをしてもらうから。二台あるでしょ。あそこへいって助太刀《すけだち》をしてね。危ないから十分気をつけるように。頼むね」

「はい」

　ぼくらは素直にうなずいて、二人で顔を見合わせ、それから巨大カッターの方へ歩いていった。ぼくは右側、E君は左側へそれぞれ分かれ、そこで機械を操作している人に挨拶をした。

「アルバイトの原田です。よろしくお願いします！」

　背後からそう声をかけると、その人は操作の手を止めて振り返った。まるでモジリアニの絵のように、顔の長い中年男性だった。暗い目でぼくを下から見上げ、

「ああ。よろしく」

　と会釈してくる。

「お手伝いするように言われたんですが、何をどうすればいいでしょうか」

「手伝いか……そうだなあ」

　モジリアニは少々考え込み、ぼくの顔と巨大カッターを交互に見た。ぼくは彼の言葉を

待つ間に、改めて間近に巨大カッターを観察し、著しく緊張した。

それは本当に巨大なカッターだった。簡単に説明するなら、機械式ギロチンとでも呼べば適当だろうか。腰の高さに、畳一枚ほどのつるつるした作業台があり、右端と左端に赤や緑のボタンが密集している。刃が斜めになった巨大カッターは、この作業台の奥で不気味な光を放っている。もし間違ってここへ首でも突っ込めば、間違いなく一巻の終わりである。

「これ、本当に危ないからねえ。気をつけてくれないと困るよ。いいかい……」

モジリアニは、ぼくが巨大カッターを眺めて怯《おび》えていることに気づくと、そう言って試しに操作して見せてくれた。

まず、床に積んである本を二十冊ほど重ねて、作業台の上へ載せる。これを滑らせて作業台の奥——つまりカッターの刃の真下へ押しやる。それから足元のペダルを右足でガチャンコと踏む。するとカッターがするする落ちてきて、本の端っこを二十冊まとめて切り揃えるのである。カッターが厚い紙を裁断する際の、

「じゃじゃじゃじゃじゃーッ！」

という腹に響くような音を聞くなり、ぼくは青くなった。ものすごい力。ものすごい切れ味である。モジリアニは続いて、作業台の上で二十冊重ねた本をくるくると回しながら、

上、左、下と順に端っこを切り揃えていった。裁断し終えると、腕をカッターの下へ突っ込んで二十冊の本を取り出し、再び床へ置く。

「じゃあ君は本を二十冊ずつ作業台へ載せてくれる？　俺が切り終わったら、横からサッと取って、床に積むの。できる？」

「はあ、多分……」

「一応ね、これストッパーがついてるから、危ないと思ったらすぐに止められるんだ。こうやって、こうでしょ……」

モジリアニは一旦《いったん》ペダルを踏んで巨大カッターの刃を降下させ、その途中で作業台に向かって腹を突き出した。すると同時に、刃の降下がぴたりと止まる。

「作業台のほら、ここんとこ。縁《ふち》のところが大きいボタンになってるんだよね。だから腹を突き出せばこのボタンがオンになって、刃は止まるわけ」

「なるほどおー」

「だから危ないと思ったら、とにかく声を出してくれる？　アッとかイッとかヒッとか、何でもいいから声を出せば、俺が腹を突き出してストッパーを働かせるから。ちょっとやってみようか？」

「声を出すんですね？」

「そう。いいかい、せえの……」

モジリアニはぼくの顔色を窺《うかが》いながら、足元のペダルを踏んだ。刃がするすると降下し始める。ぼくは息を大きく吸って、

「ゲッ！」

と叫んだ。同時にモジリアニが腹を突き出す。巨大カッターの刃は、作業台まで十五センチほどの隙間を残してぴたりと止まった。

「ほらね。こういう具合だ」

「なるほど。でもやっぱ怖いですね」

「そりゃあそうだよ。ストッパーがついてるからといって、気を抜いたらたちまちチョンだよ。俺はまだ五体満足だけどさあ、隣のカッターのヤマダさん、見てみな。ああいうふうになるぜ」

言われるまま、ぼくは隣の巨大カッターの方へ目をやった。そこには初老の工員が立っていて、E君に機械操作の説明をしている。最初は何が「ああいうふう」なのか分からなかったが、よく見ると、そのヤマダという人は左手の中指と薬指が途中からすっぱり失くなっていた。

「ひぃィーッ！」

口にこそ出さなかったが、ぼくは心の中で叫んだ。これは恐ろしい。えらいことになってしまった。バイト料二割増しの理由は、ここにあったのか……。

「さ、じゃあやろうか！」

モジリアニはぼくがオヨビ腰になるのを見計らうかのようなタイミングでそう言い、作業台に向かった。もう後に退《ひ》くわけにはいかない。ぼくは肚《はら》を据えて、足元の床に積んである本を二十冊持ち上げて、作業台の上へ載せた。モジリアニはそれを器用に滑らせて、刃の真下へ突っ込む。ペダルを踏む。カッターの刃が、

「じゃじゃじゃじゃじゃーッ！」

と唸《うな》りながら本の端っこを切り落とす。この音が四回響くと、裁断完了である。ぼくは背中にびっしょり汗を掻《か》きながら、おそるおそる前のめりになって刃の下へ腕を差し入れ、本を引き出す。足元の床へ積む。そして再び未裁断の本二十冊を持ち上げ、作業台の上へ載せる……。

単純作業ではあるが、決して退屈はしなかった。まるでニトログリセリンを扱うかのような緊張感である。これを一ヵ月も続けたら、指は無事でも胃に穴が開いてしまうのではないかと思われた。そうこうする内に、作業台の上や足元に、切り落とした本の切れっ端がごちゃまんと溜《た》まり始める。

「後ろによ、穴があるだろ。そこへ蹴《け》り落としてくれ」

モジリアニに言われて背後を振り向くと、なるほど床に穴が開いている。一辺が一メートルほどの、正方形の穴である。モジリアニは本の切れっ端を〃ミミ〃と呼び、穴のことを〃ミミ落とし〃と呼んだ。ミミというのはおそらく耳のことだろう。ぼくはその生っぽい呼称に何となく背筋を寒くし、白い紙の切れっ端が堆積《たいせき》した穴の奥底に、人間の耳がびっしり詰まっている様子を想像した。その上モジリアニはこんなことも言った。

「隣のヤマダさんがよう、指を落としちゃった時はすごかったぜえ。切っちまった瞬間、あんまり痛くなかったらしいんだな。だから右手でさ、紙のミミと一緒に切れた指先もザッと払い落としちゃったんだ。結局その指は見つからなくてよう……多分そのミミ落としの中に落ちたんだろうけど、未だに消えたまんまだ」

本当か嘘か分からないけど、この話がぼくを大いに怯えさせたことは確かである。休憩時間がくると、工員たちはパンだのオニギリだのを持って、ミミ落としの周囲に集まる。穴の中へ足をぶらぶらさせながら食事をするのだが、ぼくはどうしてもその仲間に入ることができなかった。モジリアニの話によれば、ミミ落としは二メートル足らずの深さであるらしいが、ぼくの目には底なしのように映ったのである。

約束の十日の間、ぼくとE君は生真面目にこの製本所へ通い、脂汗を流しながら働き続

けた。最後の日に加藤茶的おじさん所長からバイト料を受け取った瞬間、

「生きている！」

という実感がようやく抱けた。製本所で働くみなさんには申し訳ないが、ぼくにとってはまさに戦慄《せんりつ》の職場であった。この時の経験はその後もずいぶんと長い間、ぼくの胸の奥に何やら苦い思いを醸し続けた。未だに、自分の本が出来上がってしみじみと眺める際には、

「製本の段階で誰かが指を落としたりしたのでは……」

などと考えてしまうほどである。

松茸青年の憤怒

松茸《まつたけ》。

その名を耳にしただけで舌嘗《したなめず》りしてしまう食通の方々も多いだろうが、ぼくは逆に抵抗を覚えてしまう。貧乏生活が長くて、そういう高級品にはまったく縁がないまま現在に至っているから今さら口に合わない、というわけではない。口にすれば、確かにおいしいと思う。

「ありがたやありがたや」

という感想も抱く。しかし同時に、心のどこかでその松茸をバカにしたいような、ひねくれた気持が湧いてきて、抑えきれない。こんなもの一本食うのに一万二千円も払うなんてよう、と声高に叫びたくて仕方がないのである。

もちろん普通の庶民感覚で生きている人ならば、誰しも同様の感想を松茸に対して抱くだろう。しかしぼくの場合、その反発心が普通の人よりもさらに大きいような気がする。何故なのか?

理由は明らかである。大学二年生の十一月に従事したアルバイトに、原因がある。このアルバイトのせいで、ぼくはすっかり松茸嫌いになってしまったのである。

秋になって、ぼくは以前にもまして窮乏生活を強いられることになった。実家の状況は悪化の一途をたどっているらしく、仕送りも滞りがちであった。たまに現金書留が送られてきても、中身は五千円あるいは一万円程度の金額で、母親の切実な手紙が必ず添えられていた。もちろん当時のぼくにとって、五千円や一万円は小さな金ではなかったが、この金を仕送りするために、母親がどんなふうにして自分たちの生活を切り詰めたのかを考えると、気が重かった。だから手紙の返事には、もう金は送ってくれるなと書いたのだが、母親はいつも忘れた頃に少額の仕送りをしてくるのだった。

当時ぼくの母親は、サラ金からの取り立て攻勢にあってすっかりやる気をなくしてしまった父親に代わって、鬼のような勢いで働いていた。昼は給食センターで食器洗いのパートをこなし、夜は知り合いの女性が経営する小料理屋で手伝いをし、帰宅してからは洋裁師の免許をいかして洋服を縫ったりして、とにかく一日じゅう働いていたのである。そうやって稼いだ金の大半はサラ金への返済にあてていたのだが、返しても返しても利息分にもならなかったらしい。

そんな事情が分かっているだけに、母親が送ってきた五千円札や一万円札を崩す際にはある種の罪悪感を覚えた。金は金に過ぎないと自分に言いきかせてみたものの、その金で友達と酒を飲んだり、喫茶店でコーヒーを飲んだりすると、必ず後になって、

「ううう、節約すればよかった……部屋で文庫本でも読んでりゃ、一銭も遣わないで済んだのに」

という後悔の念にかられ、同時に必死の形相で働く母親の姿が脳裏に浮かんだ。実にやるせない気分だった。

にもかかわらずぼくは、実家の経済状態が破綻《はたん》をきたしたことを知った時に自分に対して誓った通り、友達に誘われれば無理をしてでも遊んだ。これはもう男の意地みたいなものだった。心のどこかでは「母親に申し訳ない」と思いながら、酒も飲んだし麻雀も打ったし女の子とデートもした。遊びというのは基本的に〝気楽に過ごす〟ことが即《すなわ》ち遊びであるはずなのに、ぼくの場合はぜーぜー言いながら必死で遊んでいたのである。だから遊べば遊ぶほど、金銭的にも精神的にも大きな打撃を受けた。今思い返すとバカみたいだが、ぼくはそうやって自分流の意地を通しているつもりだったのである。

その歪《ゆが》んだ意地を押し通した例のひとつとして、秋の早稲田祭が挙げられる。一年生の時は何もしなかったのだが、二年生になってクラスメート同士の結束が固まった結果、有志を募って出店でもやろうではないかという提案が、誰からともなく出された。やろうや

ろうとみんなが言って、一人頭一万円の出資金で十五人ほどが参加することになった。店は、色々と相談した結果、おしるこ屋にしようではないのという同意を得た。

ところがこの最中に、どこでどう話が転んだのか分からないが、ぼくとE君の二人が代表者にまつり上げられてしまった。代表者ということはつまり、損失が出た場合にそれを被《かぶ》るということである。

「ううー、えらいことになった……」

と内心は思ったが、既に断れないような状況にぼくはいた。美大に通っている高校時代からの友人H君に頼んで、おしるこ券のデザインをしてもらったり、おしるこ屋の建物の設計図をひいてもらったり、小豆《あずき》を大量に買いつけたりして、おしるこ屋計画は着々と進んでいたのである。計算によれば、おしるこの材料費や建物を作るための木材費、その他もろもろの費用を足すと、ちょうど十五万円ほどになる。従って、利益を出すためにはどうしても十五万円以上の売り上げが必要だった。

ところが結果は散々であった。

クジ引きで決められた出店スペースが、最悪の場所だったのである。文学部校舎の中庭の一番隅で、一日じゅう陽も当たらず、客足も極端に少なかった。このためにせっかく大量に作ったおしるこは、煮詰まってゲル化し、とても人間が口にする代物ではなくなって

しまった。結果、売り上げは五万円にも程遠かった。友人たちはこの一件を、

「ゲル化おしるこの悲劇」

などと呼んで、お笑い伝説に仕立て上げようとしていたが、代表者のぼくとE君はマジで青くなった。赤字分の十万円は、ぼくら二人が補塡《ほてん》しなくてはならない。折半したとして、一人五万円の損失補塡。ただでさえ生活が苦しいところへもってきて、この五万円は発狂したくなるほどの痛手であった。しかしながら今さら知らんぷりして逃げ出すわけにはいかないし、

「すまんがこの大鍋《おおなべ》いっぱいのゲル化おしるこ一年分で勘弁してくれい」

などと言って、出資者のクラスメートたちをケムに巻くわけにもいかない。結局ぼくとE君は、泣く泣くアルバイトに精を出すことになった。

この時従事したのは、肉マン餡《あん》マンの工場で製造補助をするというアルバイトだった。とにかく短期間でパパッと稼いでサササッと損失補塡してしまいたい、という気持が働いていたために、キツそうでもいいから時給のいいものを選んだのである。この肉マン餡マン製造補助のアルバイトは、夜七時から朝七時までというハードスケジュールで、一晩の稼ぎは七千円近かった。仕事の内容は、ごく簡単。いや、その簡単なところが逆に苦痛だったのである。

ぼくがやらされたのは〝アミノセ〟と呼ばれる係で、これは漢字を当てはめると〝網載せ〟ということになろう。ベルトコンベアーに載って二列でずんずん流れてくる肉マンを両手でパッと取って、傍らに用意された網の上へサッと載せる。パッと取ってサッと載せる。パッと取ってサッと載せる。パッと取ってサッと載せる。ただこれだけの仕事である。最初の内は、

「簡単でよかったなー」

と思っていたが、この単純作業が中一時間の休憩を挟んで延々十二時間続くので、耳から煙、鼻からエクトプラズマが出そうになった。

「もっと難しいことがしたいッ！」

と切実に思ったほどである。一方友人のE君が配置されのは〝テンツケ〟と呼ばれる仕事で、これは漢字にすると〝点付け〟になろう。網に載せて蒸し上がった餡マンが、E君の手元へ続々と送り込まれてくる。彼は竹ヒゴの先に食紅をつけて、この餡マンの上へプツプツプツ……と赤い点を打つのである。仕事の内容はただそれだけ。E君は一晩じゅう餡マンの上へ赤い点をプツプツ打ち続けて、明け方には世界が赤い水玉模様に見えるようになったらしい。まことに恐ろしい仕事である。

ぼくとE君は一週間このアルバイトに従事し、発狂寸前でバイト料を受け取った。この

時ぼくらは二人とも人間よりも猿に近い精神状態になっていて、頭の中はパッと取ってサッ、プップップッ……わっはっはっは肉マンと餡マンが攻めてくるぞうッ、ウキキキッという感じであった。当初の予定では、このアルバイトを二週間やって、損失補塡分の五万円だけでなく、生活費をも稼ぐつもりだったのだが、最初の二、三日でそんなに続けることは無理だと判断したのである。一週間で猿寸前の状態までいったのだから、もう一週間続けたら、本当に猿になってしまうのではないかと思われた。

結果としてこの予定変更は、ぼくの生活そのものを狂わせることになった。懸命に働いた一週間のアルバイト料はクラスメートたちへの損失補塡で消え、後に残ったのは空っぽの給料袋と疲れ切った肉体と精神ばかりであった。この古雑巾《ふるぞうきん》化した肉体を猿化した精神でひきずるようにして、ぼくはすぐにでも次のアルバイトを始めなければならなかった。何しろ手元には数千円の金しか残っていなかったので、ここでウキキキキッなどと呟《つぶや》いて布団にくるまっているわけにはいかなかったのである。

肉マン餡マン工場での過酷なアルバイトを終えた翌々日、ぼくはまたもや下落合の学徒援護会へ行った。今度はもう一人の仲の良い友人、G君を伴ってのアルバイト探しである。G君は自宅通学者で、しかも結構裕福な家の次男坊だから、血まなこになってアルバイトをする必要もなかったはずだが、ぶらぶらしててもつまらないからか、しょっちゅうぼく

のアルバイトにつきあってくれていた。そしてぼくが金銭的に行き詰まって青い顔をしていると、実にいいタイミングで、

「金、大丈夫か。貸してやるぞ」

と声をかけてくれた。彼は普段おそろしくぶっきらぼうで、酔えば乱暴なところもあったけれど、本当はこまやかな神経の持主で、ぼくにとってはこの上もなく優しい友人であった。

学徒援護会のアルバイト紹介所は、例によって貧乏学生たちでごった返していた。ここへ集まる学生たちの共通点は、ファッションと髪型である。小綺麗《こぎれい》な格好をしている奴は一人も見当たらず、みんなどこかしらくすんだような安物の服を着ている。髪型に関しても、

「昨日散髪に行ってきましたあー」

という感じのこざっぱりした奴は一人もいない。誰もが、散髪代を惜しんで髪の毛ボーボーという状態なのである。もちろんぼくもそういう共通点を持つ学生の一人として、アルバイト掲示板を見上げていた。そこには様々な職種、様々な時間帯、様々な給金のアルバイトが書き連ねられている。ここのところ製本用巨大カッターだのベルトコンベアーだのと、機械相手のアルバイトが続いたので、できれば今度はもう少し柔らかい印象のある

仕事がいいなあ、と思っていたところへ、別の掲示板を眺めていたG君が寄ってきて、

「あそこの、あれはどうかな」

と提案してきた。彼が指さす掲示板を眺めやると〝市場の手伝い〟という文字が見えた。場所は秋葉原駅前、時間は夜十時から朝五時までで、給金は五千円である。

「バイト料は悪くないなあ」

呟きながらぼくは掲示板に近づいた。

「しかしまた夜のバイトか……」

そう言ってG君の方を向くと、彼は不服そうな顔をして、

「お前なあ、選《よ》り好みしてる場合じゃないんだろ。夜に働く方がバイト料はいいに決まってんだから、文句言うな」

「そりゃそうだけどさあ。お前はあの肉マン餡《あん》マン工場の辛《つら》さを知らんから、気楽なことが言えるのだよ。辛いぞー、夜中じゅうパッと取ってサッ、パッと取ってサッ、パッと取ってサッだぞ」

「大丈夫大丈夫。今度のこれは、ほら市場だろ。ベルトコンベアーはないよ」

「しかしマグロとかハマチがさあ、ベルトコンベアーに載ってずんずん流れてくるやつをパッと取ってサッ、という可能性もあるではないか。そういうの俺もうイヤ」

「馬鹿。秋葉原の市場は、野菜の市場だよ。ベルトコンベアーなしよ」

「分からんぞー。セロリとかレタスとかピーマンがベルトコンベアーに載ってずんずん流れてくるやつを、パッと取ってサッと……おおお、恐ろしい。俺ヤだ」

「何かお前の話聞いてると、世の中のものすべてがベルトコンベアーに載って流れてくるような気がしてくるなあ」

自分でも知らぬ間にベルトコンベアー恐怖症になってしまったぼくは、なかなか首を縦に振らなかったのだが、結局G君の強い勧めに従って、この市場のアルバイトを申し込むことにした。受付へ行ってアルバイトの掲示番号を告げ、学生証を見せて、相手の連絡先を教えてもらう。公衆電話からG君が連絡をしたところ、早速明日の夜から来てくれと言われたらしい。

「どういう仕事内容だって？」

ぼくが尋ねると、G君は自分自身も少々納得がいかない顔で、

「松茸《まつたけ》だって」

「松茸？　それをどうするんだ？」

「パックに詰めて、並べるとか何とか言ってたけど……」

「げッ！」

ぼくは卒倒しそうになった。聞いたとたん、ベルトコンベアーに載ってぞろぞろと流れてくる松茸を、懸命にパックに詰めている自分の姿が脳裏をよぎったのである。

現在、秋葉原と言えばこれはもう〝家電の町〟として海外にまで名を馳《は》せているが、ぼくが大学生だった頃の秋葉原には、家電とは別に〝青果の町〟という顔があった。駅のすぐ裏に、東京一の青果市場がどどーんと広がっていたのである。

秋葉原駅の改札口でG君と待ち合わせたぼくは、生まれて初めて青果市場という場所に足を踏み入れ、その活気にたじたじとなった。こんなものが秋葉原の駅裏にあるなんて、全然知らなかったのである。

時刻は午後十時少し前だったが、市場内の活気はまさにこれから盛り上がろうとしている感じであった。野菜や果物を満載した大型トラックがひっきりなしに到着し、荷が下ろされ、砂糖に群がる蟻のような勢いで男たちがその荷をどこかへ運び去っていく。小売店の軽トラックが右から左、左から右へとコマネズミのように行き交う。青果を並べる広大なスペースは野球場ほどもあって、真上から見下ろしたら気分が悪くなるであろうほど沢山の人々が群れている。車の排気音やクラクション、そして売買の掛け声や足音などはひとつの塊となって、高い天井にわおん、と響いていた。

「なーんか、野菜の遊園地みてえだなあ」

市場のド真ん中を突っ切りながら、G君はそんな感想をもらした。確かに彼の言う通り、ここは野菜の遊園地もしくは博物館のような場所であった。市場内を碁盤《ごばん》の目のように走る通路沿いには、大小様々なスペースをとって青果が並べられている。並んでいると言うよりも、積んであると言った方が適切なスペースもある。並び方にはこれといった基準はないらしく、

「一応、このへんは玉葱《たまねぎ》君のコーナーね」

「で、まあ大体あのへんが人参君たちね」

「でもってそのあたりがセロリ君レタス君の国ね」

という大雑把な境界線が引かれているに過ぎない。玉葱は玉葱街、人参は人参街というふうにまとめればよさそうなものだと思いがちだが、多くの卸業者が入っているために、そう簡単にはまとめられないのだろう。とにかく市場内はごちゃごちゃしていて、行き交う人の数も多く、天井からわんわんと音が降ってくる上に、あちこちから色々な青果の入り混じった強烈な匂いが漂っていた。ニラだの玉葱だのがわんさと積まれたスペースの脇を通り過ぎる際などには、目尻《めじり》に涙が滲《にじ》むほどである。

ぼくらは市場を突っ切って、卸業者の事務所が集まっているプレハブの建物へ入ってい

った。ここで雇い主と顔合わせをし、条件を確認し合ってからアルバイトを始めることになる。ぼくらの雇い主は丸々と太った中年男で、何しろ威勢のいい人だった。市場内の騒音に負けまいとして声を張り上げている内にそれが習慣化してしまったのか、ものすごい大声である。

「じゃ、君たちは松茸！」

雇い主はそう言って、ぼくらを送り出した。後を引き取ったのは三十五、六の痩《や》せた男で、彼に案内されるまま市場の中を進んでいくと、やがてどこからともなく、

「松茸ですよン♡」

と秋波《しゅうは》を送るがごとき松茸の香りが、ぷうんと鼻を撲《う》った。おおおッと怯《ひる》んで足を止め、周囲を見回してみると、そこはまさに松茸の王国であった。右を見ても左を見ても前を見ても後ろを見ても、松茸松茸松茸松茸。そこらじゅう一面松茸である。

「こりゃあ強烈だなあ」

人一倍匂いに敏感なG君は思わず顔を顰《しか》めた。松茸というのは一切れか二切れ、あるいは一本二本ならば確かに芳香を放つかもしれない。しかしそれが二万本とか三万本になると、強烈すぎてほとんど悪臭である。

「いいや、そんなことはない。松茸の香りならいくら嗅《か》いでも俺は幸せだ！」

と主張する物好きも中にはいるかもしれないが、そういう人は鼻の穴に一本ずつ松茸を突っ込んで一日過ごしてみればいい。一生松茸を忌み嫌うようになること、うけあいである。

さてぼくら二人が与えられた仕事の内容は、ごく簡単なものであった。各地方から大型トラックで到着した松茸が、梱包《こんぽう》されたままの状態で次々と運ばれてくる。この荷を解き、中の松茸を係の人の指示通りにザルの上へ並べたり、〃舟〃と呼ばれる透明なプラスチック容器に入れたりする。これを二十畳ほどの平らなスペースに、綺麗《きれい》に陳列する――ただそれだけの仕事である。

「これは楽勝だなあ」

「うーむ、俺はベルトコンベアーのないところが気に入った」

そんなことを言い交わしながら、ぼくらは松茸の荷を解いてはザルやプラスチック容器に並べ続けた。大変なのは、一気に二十も三十もまとめて荷が届く時だけで、それ以外の時間はぼんやりしていても、誰からも叱られなかった。

「それにしてもいろんな松茸があるものだなあ……」

作業が一段落してぼんやりしていると、G君はそんなことを言って、自分が並べた松茸を一々吟味し始めた。一口に松茸と言っても、形や色、匂いや手触りが一本一本違うのである。

「いかにも松茸ですッ」

と自信ありげな姿をしているのは、やはり京都産のもの。これは梱包もきちんとした木箱で、中にはクッション材が詰めてある。大きさはちょうどカラオケのマイクくらい――いや、この際だから正直に言おう、勃起《ぼっき》時のちんちんくらいである。京都産の高級松茸というのは、本当か嘘か分からないが、その現場を取り仕切っている痩せた男性の話によれば、ちんちんに似ていれば似ているほど、いいものなのだそうである。確かに、その形状を見てちんちん以外のものを想像するのはかなり難しい。

「うーむ。恥ずかしくなっちゃうくらい似ておるなあ……」

しかも京都産のものは、ぼくらに敗北感すら抱かしめるほど立派なものばかり。こんなのが自分の股間《こかん》についていたら人生変わっちゃうのになあ、と思わずにはいられないような形状ぞろいなのである。

一方、京都産以外の松茸はそれほど立派ではない。小振りだったり、形が少々ひねくれていたりするので、

「これなら俺が勝った。ふはははは！」

と優越感を抱かしめるものが多い。中でも韓国や東南アジア産の松茸は異様に大きく、

カサが開きまくっていて、とても松茸には見えない。ただ鼻を近づけてみると、確かに松茸の匂いはする。こういうものは刻んで吸い物の中へ入れたりして、匂いをつけるためだけに使うのだそうである。

「これ、幾らくらいするのかな」

初日の明け方、ぼくはふと疑問を覚えてG君に尋ねてみた。彼は物知りな男だったが、さすがに松茸の値段までは分からなかったらしく、不機嫌そうに「高えんだろうな」と呟《つぶや》いてから、傍らで買いつけをしていた小売商のおじさんに尋ねた。

「これ、店で売る時は幾らくらいで出してるんですか？」

小売商のおじさんはお喋《しゃべ》り好きな人で、回りくどい口上をさんざん述べてから、

「ま、この京都のやつが一番高えんだけどよう、これで一本八千円てとこか。あ、そっちのやつは一万だな」

「一本一万円！」

ぼくは背骨が折れそうなほどのけぞった。こんなものがッ！　たかがキノコが一本一万円！　ぼくの一晩のアルバイト料は五千円だから、現物支給されるとしたら、これの半分しかもらえないわけである。十日間一生懸命働いた末に、

「はい、ごくろうさん」

なあんて言われて松茸五本手渡されたら、ぼくはどんな顔をすればよいのだッ。それほどの価値が、このちんちんみたいなキノコにあるなんて、いったいぜんたい誰が決めたのだ？　責任者出てこいッ。

と、ぼくは激しい憤りを感じた。裕福なG君にしても同様の怒りを覚えたらしく、横目でぼくの顔色を窺《うかが》いながら、

「なーんか労働意欲失われるなあ」

と呟いた。ぼくの脳裏には、金歯ズラリの中年親父がよっしゃよっしゃと言いながら、芸者なんかを二、三人そばへはべらせて、松茸の網焼きをむしゃむしゃ食っている様子が浮かんでいた。その松茸をせっせとザルに載せて、一晩五千円もらっているのが今の自分だと思うと、眩暈《めまい》がするくらい頭にきた。今まで上手くごまかしてやり過ごしてきた〝人生の縮図〟みたいなものが、たった一本の松茸を媒介として突然目の前に展開し、自分の安っぽい境遇があらわになってしまったような気がしたのである。

「二、三本かっぱらっちゃおうか」

ぼくはほとんど反射的に、G君に向かってそんなことを呟いた。目の前にある京都産の松茸が、急に憎らしく思えて仕方がなかったのである。

「……やべえんじゃねえか」

G君はすぐにそう言ってぼくを窘《たしな》めたが、ぼくはもう聞く耳を持たなかった。別に松茸が欲しかったわけではない。ただ松茸の向こう側に座ってしたり顔をしている誰かに、見えない復讐《ふくしゅう》をしたかっただけである。

「平気だよ。こんだけ沢山あるんだ。分かりゃしねえよこんなもん」

言いながらぼくは周囲に人目がないことを確かめ、京都産の松茸を二本手に取った。ずっしりと重量感のある手応《ごた》えだった。素早くジーンズの両ポケットへ一本ずつ入れ、G君の顔色を窺う。彼は、難しい顔をしていた。盗み自体に対する非難ではなく、そんなもの盗《と》っても何もならんだろう、と呆《あき》れ返るような表情だった。その目に見つめられた瞬間、ぼくは急に自分が恥ずかしくなった。こんなことで、誰かに復讐したような気になるなんて、ひどく子供っぽい発想ではないか。まるで中学生だ。

ぼくは目を伏せ、仕事を思い出した振りをしてG君のそばを離れた。両方のポケットの中で松茸が嵩張《かさば》り、歩きにくくて仕方なかった。しかし今さら松茸を取り出して、元のザルへ戻すわけにもいかない。その日、空が白んでくるまでぼくは悩んだが、結局二本の松茸はポケットに入れたままだった。

アパートに帰り、短い仮眠をとった後、ぼくは松茸を持って隣の大家さんの家へ行った。アルバイト先でもらったと嘘をついて、二本とも手渡したのである。受け取った大家さんは、ぱっと表情を明るくして喜んだ。

「こんな高いものを、済まないわねえ。本当にもらっちゃっていいの？」

「いいんです。ぼく、好きじゃありませんから」

そう答えて一礼し、玄関口から表へ出ると、ぼくは歩き出した。そのまま学校へ行って授業に出席するつもりだった。駅に向かって歩きながら、掌を嗅《か》いでみると、ほんのりと松茸の匂いがした。ひとつもいい匂いではなく、ぼくにとっては苦々しい匂いだった。

呑み屋店員の悟り

コートというものを初めて自分の金で買ったのは、二十八歳の二月のことだった。色は濃紺で、ごくベーシックなデザインのステンカラーコートである。値段は確か二万円前後だったと思う。

コートを買ったのは、女房が出産を控えていたからである。というふうに書くと、まるでなぞなぞのようだが、ぼくにとって女房の出産と新しいコートは、風が吹くと桶屋《おけや》が儲《もう》かるような繋《つな》がり方をしている。

ぼくの女房は秋田の人間で、二月下旬予定の出産のために里帰りをしていたのである。当然ぼくも父親として、予定日までには秋田へ赴くつもりであった。一年じゅうで最も寒い時期、しかも北国秋田。防寒対策に気持が動くのも無理ない話ではないか。それに初めての我が子の顔を見にいくのに、着崩れた格好をしていくのはどうか、という懸念もあった。だからぼくは女房の出産に合わせて、新しいコートを買ったのである。

では、それまでの冬はどうしていたのかというと、ジャンパーばかり着ていた。当時は駆け出しの作家兼コピーライターとしてバイクで動き回ることが多かったので、どうしても丈の短い上着でないと都合が悪かったのである。だからデパートなどに行って、紳士服売場でコートを見掛けたとしても、全然食指が動かなかった。むしろもっと以前――バイクも持っていなかった学生時代の方が、切実にコートが欲しかった。

大学の頃、冬になるとぼくは所謂《いわゆる》アーミージャケットというものを着ていた。名前からも想像がつく通り、これはもともと米軍の兵隊が着用していたジャケットである。「太陽にほえろ」という刑事もののTV番組で、松田優作がよく着ていたやつ、と説明すれば思い当たる人も多いかと思う。最近はほとんど見掛けなくなったが、当時はまあまあ流行《はや》っていたので、これを着て街をうろついていても奇異な目で見られることはなかった。

何故アーミージャケットだったのかというと、理由は単純明快。値段が安かったからである。大学一年生の秋に、上野のアメ横にある米軍放出品の店で購入し、以来卒業まで毎冬これを着続けた。勇ましい名前の割にはペラペラで、ほとんど防寒の役割は果たしてくれなかったので、いつもぶ厚いセーターを着て、その上から羽織らなければならなかった記憶がある。

そんな薄っぺらいジャケットを羽織っただけの格好で街をうろついていたせいか、学生時代の冬を反芻《はんすう》しようとすると、まず何よりも先に、

「思いっきり寒かった！」

という印象が強烈に甦《よみがえ》ってくる。どこへ行っても寒くて、身をこわばらせていたようなイメージがある。もちろん実際には街中にも暖かい場所はあったし、ぼく自身もちょっとやそっとの寒さではへこたれない若い肉体を誇っていたのだから、物理的な寒さに身をこわばらせていたわけではないだろう。やはり精神的に、気持が寒かったのである。

持たざる者の冬は、持つ者の冬に比べて三割がた寒い。実際の寒さの上に懐《ふところ》の寒さが加わり、精神の肌が荒れて所々あかぎれを起こしてしまうらしい。他の季節——春や夏や秋は分不相応な希望を抱いたり、虚勢を張ったり、あるいは自虐的に自分を笑ったりすることで、何とか貧乏暮らしの切なさをやり過ごすこともできたが、冬はだめだった。特にクリスマス前後から正月にかけて、寒さをものともせずに世間が浮かれ騒いでいる時期がいけなかった。一人暮らしの六畳間で、空《す》きっ腹を抱えて冷え切った寝床へ入ったりすると、布団が温まってくるまでの数分の間に、惨めな思いばかりが湧いてきて、眠れなくなってしまうことがよくあった。

この時期、ぼくが書き散らした小説のためのデッサンのようなものの中に、こんな一文がある。

「今の僕は派手に転倒してしまったフィギュアスケートの選手のようだ。音楽だけが予定通りに流れて、どんどん先へいってしまう。立ち上がって、早くその音楽に合わせなければならない。でも足元が滑って、僕はどう足掻《あが》いても立ち上がれないのだ。場内は爆笑の渦だ。蔑《さげす》むような視線を向けてくる人もいる。焦れば焦るほど足元は滑り、音楽は無情にも流れ続ける……」

学生時代に書いた文章は、たとえそれが三行しか書いていない原稿でも、棄てずにダンボール箱に取っておいたので、今こうして日の目を見る機会もあるわけだが、書いた当時はまさかこんな形で人目に晒《さら》されるようになるとは思ってもみなかった。一応短篇小説の冒頭として、こんな文章を書いていたのだが、今読み返してみると少々恥ずかしい。何だか世の中で自分だけが特別に不幸だと、暗に強調しようとする意識が見え隠れしていて、鼻につく。しかし一方で、自分の置かれた状態を転倒したフィギュアスケートの選手にたとえたのは、それなりにいいとこ突いていたように思う。

実家の状態は相変わらず悪くなる一方で、借金の利息返済もままならないところへもってきて、父親がやる気をなくし、ここ半年ほどまったく働いていなかったことが判明した。表向きは母親の手前、働いているふりをしていたが、実はぶらぶらしていただけだったのである。セールスのツールを持って家を出るには出るのだが、それを持って麻雀屋へ直行したり、図書館へ行って本を読んだりしていたらしい。帰宅すると父親は、

「今日は三セット売れた」

などと嘘をついて、壁に張ったグラフに書き込みをしていた。そのグラフをみては、母親は微《かす》かな望みを抱き、

「月末になればお金が入ってくる」

と信じて働いていたのだが、期待が叶《かな》えられることは一度もなかったという。いつも月末になると父親は困惑し切った顔で母親に頭を下げ、

「あのグラフは嘘だ。すまなかった。来月は本当の売り上げを書く」

と約束する。しかし翌月末になると、またぞろ同じことの繰り返しだった。

そんな実家の様子を、ぼくは母親からの手紙で逐一知らされ、音楽に置いてけぼりにされたフィギュアスケートの選手としての自分の立場を、改めて苦々しく噛《か》み締めるのであった。大事なのは金ではない、絶対に金ではないと自分に言いきかせながらも、その金のためにこんなにも困窮している自分がやる瀬なかった。

大学が冬休みに入ると同時に、ぼくはまたアルバイトを探し始めた。例によって生活費と岡山の実家への帰省費用を稼ぎ出すためである。

いつもなら下落合の学徒援護会へ赴いて、短期でギャラのいいアルバイトを探すところだが、この時のぼくはどういうわけか腰が重かった。寒いのに早起きをして学徒援護会の

前へ並ぶのかと思うと、行動に移る前に気が滅入ってしまうのである。しかしアルバイトはどうしてもしなければならない。部屋でごろごろしていては、岡山への帰省が果たせないばかりか、生活そのものも干上がってしまう。

そこでぼくは久し振りに日刊アルバイトニュースを買うことにした。駅前まで行って売店で購入し、部屋へ戻って寝転がった状態でぱらぱらと捲《めく》る。もともとやる気が失せているものだから、探し方にもちっとも熱が籠《こ》もらない。

「世の中にはいろんなバイトがあるもんだなあ。御苦労なことだ……」

などと他人事《ひとごと》のように呟《つぶや》いては、溜息《ためいき》を漏らすばかりである。そうやってアルバイトニュースを眺めながら、ぼんやりと思いを巡らせていると、前年の同時期に恋人のJ子さんと一緒に、フィルム販売のアルバイトをしたことが反芻されてきた。あの頃はまだ実家の経済状態が破綻《はたん》をきたす前で、アルバイトを選ぶのにも遊び半分の余裕があった。わずか一年で、こんなにも暮らしぶりが変わってしまうなんて、嘘のようである。

京都の短大に通うJ子さんとの交際は未だに細々と続いてはいたが、一年前に比べると、顔を合わせる回数がめっきり減っていた。入学当時の約束では、毎月、交互に京都と東京で逢瀬《おうせ》を重ねるつもりだったのだが、ぼくの生活がこうなってしまった以上、そう簡単に京都へは行けなくなった。結果として、J子さんと会えるのは帰省した時か、不定期の彼女の上京を待つしかなかった。ぼくは彼女と自分との間が少しずつ疎遠になっていくのをひしひしと感じながらも、何も打つ手がないことに苛々《いらいら》し、それもこれもすべて父親のせいだと決めつけていた。

そんなことをぼんやり考えながら、アルバイトニュースのページを捲っていると、ますます気が滅入ってしまった。こういう精神状態の時に暗めのアルバイト——例えば肉マン餡《あん》マン工場や製本所みたいに、黙々と働かなければならない職場は避けたかった。ヤケッパチでもいいから威勢がよくて、明るい雰囲気のバイト先が望ましい。

「よし、明るいということを指針として探してみよう」

と自分の中で方針が決まり、いくつかの候補が浮かび上がって来た。新宿の呑《の》み屋、高田馬場のファーストフード店、田無の喫茶店の三店である。この内のどれにしようかと、あれこれ想像力を働かせた結果、ぼくは新宿の呑み屋を選んだ。理由はバイト料が一番よかったことと、賄いが二食ついているという点である。もちろん、呑み屋だから威勢よく明るい雰囲気に包まれているだろうという予想も、選択の理由の一つである。

早速表へ出て、近所の公衆電話から連絡をとってみたところ、翌日の三時半に店へ来てくれと言われた。多分そのまま仕事に入ってもらうだろうからそのつもりで、ということも言い含められた。受話器を置いて、部屋へ戻る道すがら、ぼくは何か煮え切らない思いを噛み締めていた。いつもなら、アルバイトを決めた直後はそれなりの労働意欲に燃え、やったるで稼いだるでと拳《こぶし》を固めるところなのだが、今回に限っては気持が沈んだままであった。

「また働くのか……」

という憂鬱《ゆううつ》な気分である。たとえここで十日間一生懸命アルバイトをして五、六万の金を稼いだところで、氷の上で派手に転倒したぼくにとっては何の助けにもならない。立ち上がり、音楽に合わせて滑り始めるためには、もっと莫大《ばくだい》な金が必要なのだ。そう思うと、やる気が失せてしまいそうになるのである。

その気持を押し殺しつつ、翌日ぼくは指定通り三時半に新宿の呑み屋へと赴いた。S酒寮という名で、大きなビルの三階に店を構えている。地下一階と地上一、二階はディスカウントショップで、四階には割烹《かっぽう》が入っているビルである。後で分かったことだが、これらの店は一つの会社が運営していて、それぞれに連携がなされている様子であった。ビルの最上階にはロッカールームと食堂があり、ビル内で働く従業員たちは全員、ここで着替えと食事を済ませるシステムである。

呑み屋の暖簾《のれん》をくぐって中へ入っていったぼくを迎えたのは、白い割烹着を身にまとったマネージャーであった。年齢は三十代の後半、といったところか。栄養が体の隅々にまで行き渡った感じの、元気なあから顔の男である。

まだ開店前の時間帯とあって、店内はがらんとしていた。厨房《ちゅうぼう》の方で数人の従業員が仕込みをしている姿が、垣間見られるばかりである。ぼくとマネージャーは箸立《はした》てがずらりと並んだテーブルを挟んで座り、条件などについてしばらく話し込んだ。

「一応十日間ということで、時間は午後四時から十一時。時給は五百三十円。交通費支給の二食つき。食事はね、このビルの最上階に食堂があるから、仕事へ入る前と終わった後にそこで食べて下さい」

「はあ、なるほど」

「悪いけど学生証見せてくれる？　一応確認の意味で」

「はい。これです」

「あ、早稲田ね……文学部。優秀な学生さんだねぇ」

「そんなことないですよ」

「文学部ってのは、あれかい、本を読んだりするんだ？」

「まあ簡単に言えばそういうことです」

「いいねえ。本読んで商売になっちゃうなんてさ」

「別に商売じゃないですよ」

「あ、そうか」

マネージャーは厨房の連中が振り返るほどの大声で笑った。ぼくは苦笑いを漏らしながら、暗い気分の時に明るい職場を選ぶのは逆効果だったかもしれない、と後悔し始めていた。

「じゃ、早速始めてもらおうかな。荷物はないの？　じゃあロッカーいらないね。ここで割烹着を羽織ってもらって……」

言いながらマネージャーはレジの方へ行き、壁際の棚から白い割烹着を持ってきてぼくに手渡した。アーミージャケットとセーターを脱いで、シャツの上へ羽織ってみると、その割烹着はつんつるてんだった。サイズが小さすぎて、ボタンが首元まで嵌《は》められない。マネージャーはその様子をみて、また大声で笑い、

「いいよいいよ。誰もお運びさんのことなんて見てないから。大丈夫大丈夫」

そんなことを言った。ぼくは照れ笑いを浮かべ、頭を掻《か》いたが、何だか釈然としない気分であった。

最初にぼくがまかされたのは、オシボリ作りという仕事である。四時から五時までの一時間で、洗濯から上がってきた何百枚というオシボリを海苔巻《のりまき》のような形に畳む。コツさえ覚えてしまえば簡単な作業だったが、その簡単なところが苦痛であった。どうも例の肉

マン餡マン工場のバイト以来、ぼくは単純作業というものについて必要以上の恐れを抱くようになっていたらしい。一枚一枚布をくるくると巻いて、テーブルの上へオシボリの山を築いていくにつれ、

「俺、何やってんだろ……」

という思いが強くなってくる。虚《むな》しくて虚しくて、テーブルを引っ繰り返したくなってしまう。

この作業を終えて五時になると、いよいよ開店である。といっても、開店直後から客が入ってくることは稀《まれ》で、大抵は六時半を過ぎたあたりから混み始める。ぼくの仕事は、客と厨房との間を取り持つ、〝お運びさん〟という係であった。早い話が喫茶店のウェイターのようなものである。暖簾をくぐって入ってくる客の気配を感じたら、即座に、

「エイらっしゃい！」

と大声を出し、人数を尋ねる。六人までならテーブル席へ案内し、それ以上の人数の場合は座敷へ案内する。客が座るなり飲物の注文を聞き、これを厨房から運んでくる。そして肴《さかな》の注文を聞き、これを厨房へ威勢よく告げる。お運びさんに求められるのは、正確さと威勢のよさ。この二点に尽きる様子であった。声が小さかったりすると、厨房の奥にいる恐い顔の板前さんに、

「聞こえねえよボケッ！」

と容赦なく叱責されてしまう。だから厭《いや》でも大声を出さなくてはならなかった。

店内にはぼく以外に三人のお運びさんが働いていたが、いずれも男子学生のアルバイトであった。内二人は明治大学の経済学部の学生で、もう一人は亜細亜大学の文学部の学生である。亜細亜大学の学生はぼくより二つ年上で、この呑み屋でのアルバイトも既に二年以上続けており、マネージャーの信任も厚い様子である。ぼく以外のお運びさんは全員、客の注文をそらで覚えることができたが、新米のぼくには無理な芸当であった。注文が四、五品なら覚えることもできたが、十人以上の団体ともなると、もうお手上げである。メモ帳を持っていって、

「もずく二、チーズ揚げ一、エイヒレ二、串《くし》カツ四、ぬた一、ホッケ二、イカ焼き二、鯨カツ二、天プラ盛り合わせ三、納豆天プラ一、筋子一、焼き鳥五」

などと注文をメモしなければ、到底覚えられなかった。

新宿のド真ん中という場所柄もあってか、この店は金曜土曜の夜はもとより、平日でも八時を過ぎると満席になることが多かった。ぼくを含む四人のお運びさんは、席から席へとバスケットボールの選手のように、ちょこまかと動き回らなくてはならない。まさに目が回るような忙しさであった。

客種はサラリーマン、OLの類《たぐい》がほとんどであったが、一晩に何組かは学生の団体が訪れた。この連中に関してはぼくは、非常に複雑な気持で応対するのが常であった。呑《の》み屋を訪れる学生たちのほとんどは、底抜けに明るく、無節操で、楽しそうだった。本来ならぼくは彼らの側にいるはずの人間なのに、どうしてこちら側で注文を聞かなければならないのか。そんなヒガミっぽい気持が頭をもたげてしまうのである。

「学生のくせに一番高い舟盛りなんか注文しやがって。ちきしょう！　もうちょっと遠慮して頼め！」

なんてことを心の中で呟《つぶや》きながら、豪華に飾りつけられた舟盛りを運んだりしていると、段々気持がすさんでくる。バイト料が入ったら、どこかの呑み屋へ行ってぱあーッと遣ってやろうか、などというヤケクソの発想に支配されたりする。ソープランドで働く女性の多くが、仕事帰りにホストクラブへ寄って稼ぎの大半を遣ってしまう、という噂を聞いたことがあるが、この時のぼくの心境はそれに近いものがあった。

「豪遊とはいかないまでも、バイト料が入ったら一食くらい高級で美味《うま》いものを食ってもバチは当たらんだろう」

やや控え目にそんなことを考える日もあった。空腹だったわけではなく、美味いものに飢えていたのである。何しろバイトの前と後に最上階の食堂で食べる賄いが、顔が歪《ゆが》むほど不味《まず》くて、いいかげんウンザリしていたのである。

まずバイトの前、四時少し前に食べる賄いは、従業員たちの昼食の残りであった。内容は肉ジャガであったり、カレーであったり、フライであったり、一応バラエティーには富んでいたが、従業員たちが昼食時にひっかき回してぐちゃぐちゃになり、すっかり冷めているのが常であった。肉ジャガの中にフライが入っていたり、カレーの中にレタスの切れっぱしやキュウリが混入していたりする。米の飯は確かに大量に用意されていたが、鼻を近づけると、

「ひえ〜」

と叫んでのけぞりたくなるほど臭かった。相当品質の悪い米を使っていたのだろう、まるで腋《わき》の下みたいな臭いがするのである。しかしぼくはこれらを黙々と食べた。米が臭かろうが肉ジャガとフライが混ざっていようが、腹に入ってしまえば一緒じゃいッ、という勢いで掻き込んだ。今思うとそれは絶望的で壮絶な食事風景である。

一方バイトを終えた後、十一時過ぎに食べる賄いは、これまた従業員たちの夕食の残りであった。内容は昼食と五十歩百歩。やはり従業員たちがひっかき回してぐちゃぐちゃになり、すっかり冷めているのであった。当然米の飯も昼食時と同様、臭い飯である。先輩のバイト学生たちはこの飯を、

「ワキ飯」

などと呼んで自虐的に笑っていた。腋の下みたいな臭いがするから、そんな呼称を考えついたのだろう。あまり趣味のいい冗談とは思えなかったが、確かにこの呼称は言いえて妙であった。

そんなふうにして臭い飯を食いながら、この呑み屋でのアルバイトを続けている内に、職場内の二人の人物がぼくの興味を惹《ひ》くようになった。一人は遠山君といって、板前の見習いとして厨房《ちゅうぼう》に入っている人物である。年齢は十六、七歳で、中学卒業と同時にこの店へ就職したらしかった。落ち着きがなく、信じられないほどドジなので、しょっちゅうマネージャーや板前の先輩に叱られていたが、メゲる様子もなく毎日元気に働いていた。彼は厨房内では一番の下っぱで、いつもヘイコラしてばかりいたが、その分ぼくらバイト学生の前ではこれみよがしにデカい態度を取り、ぼくらのことを、

「オメーら」

などと呼びつけて悦に入っている様子であった。明治や亜細亜のバイト学生たちは、そんな彼を憎々しげに〝バカ山〟と呼んで密《ひそ》かに溜飲《りゅういん》を下げたりしていたが、ぼくはどうしても彼を蔑《さげす》むことができず、心のどこかで同類の憐《あわ》れみを感じていた。もし仮に自分が中卒でこういう店に就職し、先輩たちから思いっきり馬鹿にされながら働かなくてはならな

いとしたら、やはり彼のように誰か弱者をみつけては威張り散らしていたに違いないと思えたのである。

一度だけ、この遠山君と最上階のロッカールームで一緒になったことがある。店が終わり、例によって臭い飯を食べ終えた後、汚れた割烹着《かっぽうぎ》を洗濯籠《かご》へ放り込むためにロッカールームへ行ったら、ちょうど遠山君が着替えているところだったのである。

「早いんだね、今日は」

とぼくは声をかけた。いつもなら彼は一番最後まで残って厨房の片づけを済ませ、すっかり人気がなくなった頃に帰る段取りだったから、着替えている姿を見るのはこれが初めてだったのである。

「デートなんだよう」

彼は顔全体をくしゃくしゃにして笑いながら答えた。

「先輩に頼んでさ、今日は早めに上がらせてもらうんだ。いいだろ」

「へえ、どこに行くの？　オールナイトの映画か何か？」

「違う違う。踊り踊り」

「ディスコかあ」

「そうそう。ディスコディスコ」

彼は歌うように呟《つぶや》きながら割烹着を脱ぎ、ロッカーの奥から目の覚めるような薄紫色のスーツを取り出した。

「すんごいスーツ……」

ぼくは思わず言葉に出してしまい、あわてて口許を押さえ込んだ。しかし遠山君は微塵《みじん》も動揺することなく、

「へへへー、いいでしょう」

と自慢げに胸を張った。黒いシャツに真っ赤なネクタイを締め、その上に薄紫のスーツである。しかも靴は白のエナメル。お前はデビ夫人かッ、と叫びたくなるほどのド派手なファッションである。

「ようし、行くぞう!」

遠山君は何の衒《てら》いもなくその格好で黒のクラッチバッグか何かを小脇に抱え、鼻の穴をおっぴろげてロッカールームから出ていった。その後姿からは奇妙な自信と高揚感が溢《あふ》れ出ており、ぼくはたじたじとなってしまった。地味な職場でこつこつと働き、その反動で夜は思いっきり派手な格好で帝王のようにふるまう――当時流行《はや》っていた「サタデーナイトフィーバー」の主人公そのものである。ぼくはそんな彼を、

「きっぱり割り切れていて、何だかすがすがしいなあ」

という思いで見送った。彼に比べると自分は、優柔不断のどっちつかずで、四六時中ぐずぐずしている人間のように思えた。

さてもう一人の気になる人物というのは、洗い場にいた。

本名は分からずじまいだったが、職場内では〝はまさん〟と呼ばれているオバサンである。でっぷりと太っていて、声が大きく、いつも元気に食器を洗っている。ぼくらお運びさんが下げものを持っていくと、必ず何かひとつ冗談を言うような人であった。たいして面白い冗談ではなかったが、はまさんは自分で口にするなり、

「うははははは！　可笑《おか》しいねえ」

と馬鹿笑いをするので、ぼくらにとってはその笑顔が一服の清涼剤になっていた。誰よりも威勢がよく、しかもかなりの古株とあってか、マネージャーですら彼女の前へいくとオヨビ腰になるのが常であった。

はまさんの出《い》で立ちは、姉さんかむりにゴム製の前掛け、足にはゴム長靴といった感じで、見た目にもかなりの迫力があった。彼女はその格好でバシャバシャと水飛沫《みずしぶき》を上げながら食器を洗いまくり、そばにいる誰彼に大声で冗談を飛ばしまくった。肝っ玉母さんここにあり、という風情である。おかげではまさんは、若い従業員たちから、

「かあちゃん」

と呼ばれて親しまれていた。

アルバイトを始めてから五日ほど経った頃だったろうか、ぼくはこのはまさんの隠された暗い一面を垣間見て、はっと息を呑《の》んだことがあった。十一時の閉店を控えて、ラストオーダーが済んだ直後だったと思う。珍しく客が少なかったので、ぼくはコーラでも飲もうかと思って、厨房へ入っていった。五十円払って冷蔵庫からコーラを取り出し、ラッパ飲みしながら戻ろうとしたところ、洗い場の前ではまさんがじっと掌《てのひら》を見つめている場面に出くわした。何の気なしにその様子を斜め後ろから見やると、彼女はゴム手袋を脱ぎ、素手をじっと眺めているところだった。その掌はひどく荒れていて、あちこちアカギレを起こしていた。

「痛《い》つつつ……」

彼女は口の中でそう呟きながら、ゴム製の前掛けのポケットからハンドクリームらしきチューブを取り出し、まんべんなく掌に塗りつけた。それからまたゴム手袋を嵌《は》め、いつも通り威勢よく洗いものを始めた。ぼくは見てはいけないものを見てしまったような後ろめたさを感じ、足音を忍ばせて彼女の背後を通り過ぎて厨房を出ようとした。その刹那《せつな》、彼女が何か歌いながら洗いものをしていることに気づいたのである。ほんの一瞬だったが、彼女が何と歌っているのか、ぼくの耳にははっきりと聞こえた。彼女はこう歌っていたのである。

「はまさん、がんばれ。はまさん、がんばれ。はまさん、がんばれ。はまさん、がんばれ……」

それは小学生が運動会で自分のクラスのランナーを応援するかのような節であった。そしてその節に合わせて、彼女は右手に持ったスポンジで食器を力強く洗っていた。厨房を後にしてしばらく経ってからも、その歌はぼくの耳にこびりついて離れなかった。

「はまさん、がんばれ。はまさん、がんばれ。はまさん、がんばれ……」

あんなふうにして耐えている人もいるのだと思うと、自分が恥ずかしくて仕方なかった。何が転倒したフィギュアスケートの選手だ、きれい事を言うんじゃないよと、強烈に窘《たしな》められたような気分であった。辛《つら》くてもそれは胸に収めろ、うつむくな、明るく振る舞って笑い飛ばせ、大丈夫何とかなる——底辺でのそういう生き方を、ぼくははまさんの背中に教えられたような気がした。

作家志望青年の実情

今春、母校である早稲田大学から講演の依頼があった。新入生を対象として、学生時代の思い出について一時間ほど自由に語ってもらいたいとのことである。

「会場／大隈《おおくま》講堂」

と依頼書に書いてあるのを見て、ぼくは複雑な感慨を抱いた。素行、学問ともに最悪の学生だったぼくが、請《こ》われて大隈講堂で講演をするなんて、何だかたちの悪い冗談のようである。もちろん光栄だとも思うし、誇らしげな気分も湧くけれども、実際に自分が大隈講堂の壇上に立って話している姿を想像すると、たちまち苦笑してしまう。しかも他の講師陣の名前を確かめると、それこそ早稲田人脈の中枢を形成するような各界の著名人ばかり。そんなところへぼくがのこのこ出掛けていって、

「えー、学生時代は大変でした」

なんてことをしたり顔で喋《しゃべ》るなんて、考えただけでも冷汗が流れてしまう。

まあいずれにしてもぼくは以前から講演と名のつくものは基本的にお断りすることにしているので、早稲田での講演も平身低頭してお断りした。もう少し歳をとって、胸を張っ

て自慢できる仕事をいくつか成し終えたら、壇上へ昇る気になるかもしれないが、今はとてもそんな気になれない。壇上から聴衆を見下ろすよりも、客席から壇上を見上げている方が今のぼくには似合っているし、たぶんこれから先も物書きとしてのぼくはそういうスタンスを変えないだろう。聴衆の中には、きっとぼくにとって大切なものが沢山あるに違いないが、壇上にはぼくの求めるものは何もないように思われて仕方ない。

さて母校からそんな依頼を受けたことをきっかけとして、ぼくは学生時代の自分がどんなことを勉強し、何を考えていたのか本格的に知りたくなった。もちろん印象深い思い出については目を瞑《つむ》るだけでも反芻《はんすう》できるが、こと勉強やレポートに関しては、どうにもあやふやな記憶しかない。ようするに本気で勉強していなかったという証拠だが、どれくらい本気じゃなかったのかという点を、ぼくとしては知りたい。

「果たして何か手掛かりが残っているだろうか？」

と半信半疑のまま、学生時代に書いた原稿類を収めてあるダンボール箱を探ってみたところ、奥の方から、

「あッ！」

と叫びたくなるような原稿がうじゃうじゃ出てきた。後に曲がりなりにも作家と呼ばれるようになった人物が、学生時代にどんなレポートを書いていたのか、あるいはどんな習

作をしていたのか。これはたぶん読者のみなさんにとっても興味のあるところだろうから、恥を忍んでいくつか紹介してみたい。手を加えないでそのまま紹介するので、かなり文章がおかしい箇所や誤字、脱字なども見受けられるが、目を瞑っていただきたい。

まず最初に、大学時代のぼくはどんな科目を選択し、何を学ぼうと考えていたのか。これは「昭和五十五年度授業時間割／早稲田大学第一文学部」という小冊子が出てきたので、この最終ページの〝学生控〟の欄を見れば、窺《うかが》い知ることができる。そこには当時のぼくの字で、授業の時間割が書き込んである。あらためて眺めてみると、早稲田大学の授業は午前八時二十分（早いなあ！）から始まり、一時限九十分単位で七時限めまである。鼻息を荒くして一日に七時限も取ったりしたら、朝八時二十分から夜八時半まで、びっちり学問できるわけである。

五十五年度というと、ぼくは四年生で、演劇学科に属していた。学ぼうとしていた内容は以下の通りである。

「月曜日／西洋演劇史・演習Ⅲ・日本近代演劇史・美術史
水曜日／フランス語E・現代演劇
木曜日／民族史・日文特論・英語U
金曜日／東洋考古学・演習Ⅳ・研究Ⅳ・体育（ハンドボール）」

一、二年の教養課程の頃に比べると、授業数はぐっと少なくなっているが、問題はその内容。演劇関係以外の、必修でない科目について、ぼくは何を学ぼうとしていたのだろう。美術史や民族史、日文特論（これはおそらく日本文学特論の略だと思う）や東洋考古学の授業については、今やもう何も思い出すことができない。授業内容を云々する以前に、出席を取らないとか筆記試験がないとか、そういう点に選択の基準を置いていたとしか思えない。

この時間割の中で、今でも授業内容をよおく覚えているのは演習Ⅲという授業で、鳥越文蔵先生が担当していた。講義要項を読むとこんなことが書いてある。

「日本の各地には、現在都会では見られなくなった芸能が数多く残っている。その調査や分類もようやく整理されてきたので、それらの中のいくつかを採り上げて、日本の芸能の性格を検討したい」

この授業は必修科目だったので、ぼくを含む演劇科の学生全員が受講していたのだが、とにかくユニークな授業内容だったので、鮮やかな記憶がいくつも残っている。例えばある時は視聴覚教室に学生が集められ、鳥越先生秘蔵の8ミリフィルムを鑑賞させられた。秘蔵といってももちろんヘンな意味の秘蔵ではなく、先生が東北だか北海道の小さな村を訪れて、今や伝統が失われつつある祭事の様子を写してきたフィルムである。視聴覚教室での授業なんて滅多になかったので、最初はややワクワクしながらスクリーンを見つめていたのだが、ほどなくぼくは失望し、深い溜息《ためいき》を漏らした。映っているのは痩《や》せさらばえたじーさんやばーさんばかりで、その人たちが火を囲んで、海草のようにユラユラと踊りながら、

「あ～ま～だ～ら～へ～の～よ～の～」

なあんて唱《とな》えるのである。現在のぼくは民俗芸能や土の匂いのする演劇みたいなものに強い興味を抱いているから、この授業は実に面白いと感じるし、許されるならばもう一度受講してみたいと思うくらいだが、当時はこのテのものに関して拒絶反応を示し、深く研究したりする気になれなかった。しかし考えてみれば、こうして十数年を経た今でも、授業の内容を覚えているということは、好き嫌いは別にして強烈なインパクトを与えられたということなのだろう。

もうひとつ演習Ⅲの授業で忘れられないのは、夏休みのレポート提出である。ぼくらが与えられた課題は、どこでもいいから日本各地で開催される祭りを取材して、原稿用紙十枚程度のレポートにまとめよ、というものであった。カッチョよく言うと、フィールドワークというやつである。ぼくは交際していたJ子さんの住む京都を訪れ、いちゃいちゃする合間を縫って、大原野の方にある小さな神社の祭りを見学にいった。途中、バスの中で

日本贔屓《びいき》の白人夫婦と一緒になり、拙《つたな》い英語を駆使して、

「アイアム日本を代表するグレートなユニバーシティで演劇をスタディしているヤングガイなので、ディスサマーはレポートをメイクするためにジャパニーズフェスティボーをウォッチしにゴーなのだ！」

などと宣言してしまったために、彼らの手前、本気で取材しなければならず、いつになく熱が入った記憶がある。この時のレポートは鳥越先生の評価もよかったので、ぜひここで披露したいところなのだが、ダンボールの中をいくら探しても出てこなかった。どういうわけか残っているのは、できの悪いレポートの下書きばかりである。

例えば、書き出しの一行を読んだだけで吹き出してしまうようなものもある。岩本憲児という先生の映画の授業で、エルマンノ・オルミ監督の「木靴の樹」を強制的に観させられて書いたレポートである。冒頭はこんなふうに始められている。

〈四百字詰め原稿用紙三枚というのは手紙や日記を書くにしても決して多くを語り尽くせる分量でないことは明らかであるように思う。従ってここで僕はこの映画の価値や意義、また映画を芸術作品と見なした場合の観点からの評価などについては――自分の整理力や構成力から照らし合わせてみても――述懐するのは不可能だと思う〉

うひゃーッ、恥ずかしい。原稿用紙三枚以内でレポートを提出しなさいという課題に対して、ぼくは「そんな少ない枚数じゃ書けないッ」と反抗する文章を冒頭に置いているわけである。これじゃあまるで自分の尾を呑《の》む蛇のようなものではないか。枚数が少ないなら、冒頭からズバッと本題へ入ればいいようなものなのに、一体何を考えていたのか。今となってはまったく理解できない。この後の部分も、さらに愚かで恥知らずな文章が続くので、ちょっと紹介してみよう。

〈恐らく僕の級友達は超人的な洞察力とエネルギッシュな探究心をもって、的を射た非難あるいは賛同を、この限られたスペースで語ろうとその優れた頭脳をフルに働かせ、それに成功もしようが、とうてい僕には出来そうにない。そこで、ここでは「トウモロコシ」のみに限って僕は語ろうと思う〉

何ちゅう回りくどい文章！　しかもこのヒネクレた内容。こんなイヤな青年とは、誰も友達になりたいとは思わないだろう。我ながら呆《あき》れてしまう。これを書いた時の自分の気分というものを、ぼくははっきりと記憶していないが、

「一本の映画作品をトウモロコシの視点から解析しようとするなんて、まさに画期的なレポートだッ！」

てなことを考えていたに違いない。愚かさもここまでくるとグレートな愚かさであると言えよう。

あるいはエドガー・アラン・ポーの有名すぎる短篇「黒猫」について作成したレポートも、なかなかすごい。これを書いた時のぼくは二十歳前後であるはずだが、とにかく自分が直感で捉《とら》えたものはすべて真実であると、予《あらかじ》め信じ切っている。そして枚数稼ぎのつもりなのか、本当ならたった一言で評言できるようなことを、回りくどく回りくどく説明している。

〈僕はポーをひどく誤解していた様だ。それは随分昔に読んだ簡易に訳された「黒猫」が起因となって、今までずっとポーを戯作者若《も》しくはそれに準ずる者と思い込んでいたらしい。一体に僕は目的自体が単なるエンターテインメントにあるような作品は好まない。誤解した僕は一連のポーの作品をその系列へ入れていたのだ。（中略）周知の通り、作家は初めの数行若しくは数頁（大江健三郎に言わせれば自己のその作品に対する文体が決まるまで）に最も悩むものだ。文頭の「私がこれから……」そして次行の「幼少の頃から…

…」にポーの所謂《いわゆる》「生みの苦しみ」の跡が明確に見られる。単なる戯作者ならこうは悩まない。何故なら彼らエンターテインメントにとって大切なのは一行一行ではなしに全体として如何《いか》に読者を楽しませたか、にあるのだから〉

まるで自分が文学界の支配者であるかのような断定ぶりである。〝所謂「生みの苦しみ」の跡が明確に見られる〟などと得意げに書いているが、ぜんたいどこのどの部分を指しているのか、今ではさっぱり分からない。しかし当時、作家になりたくて気が狂うほど本を読み、暗い小説を書き続けていたぼくの目には〝明確に〟見えたのだろう。思い込みの激しい、単純な青年だったのだなあと、半ば感心し半ば呆れてしまう。

まあいずれにしても、当時のぼくにとってレポートの提出というのは、大した苦痛を伴うことではなかった。文章で身を立てようという志を抱いていたのだから、内容の出来不出来はともかくとして、書くこと自体は楽しんでいた記憶がある。苦痛だったのはむしろレポートのない授業、つまり学期末にペーパーテストが行われるフランス語や英語の授業である。

特にフランス語はぼくにとって最大の鬼門であった。入学当初こそ真面目に授業も受け、テスト前には単語や熟語を暗記したりもしたが、秋風が吹く頃には早々と挫折《ざせつ》してヤケッ

パチになり、
「俺はもう一生フランス人と話ができなくてもぜーんぜん構わん！」
てなことを公言し、匙《さじ》を投げてしまった。その結果、フランス語のテストは散々の成績で、進級すら危ぶまれるほどであった。実際にぼくは一年生の間に取得すべきフランス語（講義要項によると四科目八単位となっている）の内、一科目は四年生になっても単位がもらえなかった。あとの三科目は、あの手この手で何とか単位をもらったのだが、中でもK先生（ご本人に迷惑が及ぶやもしれないので、お名前は伏しておく）の授業に関してはまさに捨て身の作戦で切り抜けた。

K先生は第一回めの授業から、フランス語の勉強などそっちのけにして、いわゆる早稲田精神について説いておられた。最近の早稲田はなっとらん、特に男子学生の軟弱さは目に余るものがある、という話である。

「最近、文学部の近くにデイリー・クイーンというファーストフードの店ができたようだが、諸君はあの店の前を通ったかね。早稲田精神高揚会の学生が、ビラを配っておっただろう？　早稲田の学生は米の飯を食え、ハンバーガー反対、という内容だが、連中はそういうバカバカしいことを本気でやっている。私はああいうバカバカしさが好きだ。もしかしたらバカバカしいことに情熱を傾ける姿勢そのものが、早稲田精神の根幹であるのかもしれない。私はそういうバカ学生に大きな期待を寄せている」

K先生はそんなことを話された。ぼくは先生の仰《おっしゃ》るバカ学生の一人として、この話にはかなり大きめの共感を覚えた。そこでテストの際に、自爆覚悟の捨て身の作戦を敢行したのである。

作戦の第一段階として、ぼくは履物《はきもの》屋へ赴き、下駄《げた》を購入した。フランス語のテストに何故下駄が必要なのか、それは後になれば分かる。第二段階としては、ランボーの詩の一節を原文で暗記した。わずか十行ほどで、内容は何か反抗的な感情を綴《つづ》ったものであったと記憶している。第三段階として、押入れの奥にしまってあった高校時代の学生服を引っぱり出し、そのボタンを学生生協で購入した稲穂マーク入りのボタンにつけかえた。そして入学式の記念に買った早稲田の角帽の所々にハサミを入れ、汚しをかけて準備万端整えた。

この作戦をぼくは〝早稲田無頼作戦〟と命名した。

テスト当日、ぼくは学生服に角帽を被《かぶ》り、腰に日本手拭《てぬぐ》いをぶら下げて下駄を履き、その出《い》で立ちでカラコロと学校へ行った。クラスメートたちが驚いたのは言うまでもない。注目を集めたことでぼくは他愛なくいい気分になり、

「俺ァもう捨て身で行くぜ」

などと吹聴した。そういう自分をちょっとカッチョいいと思っていたのだから、まことに単細胞である。

さて時刻通りにK先生が教室に現れ、ほどなくテスト用紙が学生全員に配られた。表にして一応すべての問題に目を通してみたが、案の定ぼくにはちんぷんかんぷんであった。まともに解いていっても、二十点取れるかどうか怪しいところである。そこでぼくは予定通り〝早稲田無頼作戦〟を展開することにした。

まず細書きの黒マジックを取り出し、暗記してきたランボーの詩の一節を解答用紙のド真ん中に書き込んだ。それから一行空けて、K先生へのメッセージを書いたのである。内容ははっきり記憶していないが、

「自分は深く深く早稲田精神を愛しております。しかし必修のフランス語は残念ながら愛しておりません」

という文章を冒頭に置いたような気がする。その後には、文章で身を立てたいと考えているとか、フランス語はダメだけど日本語には自信があるとか、いつか必ず早稲田の名に恥じない仕事を残すと約束するとか、支離滅裂なことを書いた。

テスト開始十五分後、ぼくはこのヤケッパチな解答用紙を手に席を立ち、教壇のK先生のところへ提出した。あまりにも早い提出なので、呆気《あっけ》にとられている先生と目が合うな

り一礼して、

「どうかよろしくお願いします」

と言い残し、下駄をカラコロ鳴らして扉へ向かった。先生はにやにやしていたし、教室内のあちこちから苦笑が聞こえたが、ぼくは意地になって平静を装い、無表情のまま教室を出た。後にクラスメートから聞いたところによると、K先生はぼくの答案に目を通すなり呵々《かか》大笑し、

「バカな奴だなあ！」

と嬉《うれ》しそうに呟《つぶや》いたということである。捨て身の作戦だったので、ぼくとしては単位がもらえなくても仕方ないと最初から肚《はら》をくくっていたのだが、蓋《ふた》を開けてみると、K先生はちゃんと単位を下さった。そんないい加減な学生に単位をやるなんて学問への冒瀆《ぼうとく》だッ、という意見もあろうが、こういう先生や学生がいること自体が実は早稲田らしさなのではないかと、ぼくは思う。

フランス語のテストの話がずいぶん長くなってしまった。

さていよいよぼくが学生時代に書いた小説モドキの原稿の紹介である。本当は全文を掲載すべきなのだろうが、スペースの都合もあるので、冒頭部分の抜粋にとどめておく。ぼく自身が前述のレポートの中で「作家は初めの数行若しくは数頁に最も悩むものだ」と書

いているわけだから、そのお手並みを拝見しよう。

まずは「魚」という習作。これは大学二年生、つまり十九歳の時に書いた十枚ほどの小品である。題名の下に〝一九七八年・母の日〟と走り書きがしてあるところをみると、おそらく母親に捧《ささ》げるつもりで書いたのだろう。内容はオソマツなもので、話の進め方や全体の雰囲気は、明らかに梶井《かじい》基次郎《もとじろう》を意識している。ようするに檸檬《レモン》を魚に置き換えただけの話だが、才能が違うとこんなふうになっちゃうのね、という好例である。


〈空色の買物籠《かご》を下げて街へ出る。幼い頃、母の肘《ひじ》に何時も下がっていたあの買物籠だ。それは母が手ずから創ったもので、青と白のプラスチックテープを斜めに編み合わせて出来ている。その籠を右手に私は街へ出る。

夕方で、路は桃色に潤んでいる。西日は私の背にあり、足元からは濃紺の影が鮮やかな人型となって平坦《へいたん》な路に細長い刻印を押している。大通りを避け、細い路地から路地へと私は歩く。影は時折家屋や電柱のそれに頭や上半身を切り取られながらも、私の前を行く。日暮れの匂いが……する。

突き当りの黒塀を、頁を捲《めく》るように右へ折れると四五人の子供らが影踏みをしている。その情景は幼い頃初めて開いた絵本のように一瞬私の心を淡い不思議な感情で満たした。

子供達はいびつな8の字を描いて走り回り、互いの影を追っては歓声を上げている。

「どうじゃ、踏めんじゃろう!」

その内の一人が自分の影を黒塀の上に写して笑った。他の子達は「あほかァ」と口々に叫びながら脚を伸ばして、塀の上の影をけり始める。

一様なその笑い声の裡《うち》を、私はやけに優しい気持で通り過ぎる。路の脇、家屋と前栽《せんざい》の影の重なる辺りに赤い毬《まり》が一つ、紙屑《かみくず》のように置き去りにされている。子供達は影踏みに夢中だ。私は立止まり、その毬を取り上げた。路に落ちていた楕円形《だえんけい》のその影が、吸い込まれるように小さくなり私の掌の影に消え入る。

毬は、掌に載せるとしっとりとしたゴムの感触を伝え、指に冷たかった。力を入れ、指先で押すと小気味良い弾力が返って来る。母の肩のようだ。母の肩、母のかた、ははのかた……私は振り返って子供達を確かめると毬を籠の中へ静かに入れ、歩き出した。次の十字路を左へ曲がろう。今藍い車の走って行った桃色の路だ〉

これを読むと、十九歳当時のぼくが情景描写に凝っていて、稚拙なりに一生懸命練習していたことがよく分かる。同時期に書いた原稿の多くはこれに似た傾向で、いわゆるデッサン風のものばかりである。中には〝ぼんやり窓の外を眺めている青年が、ふと思いついて部屋を出ていく〟というだけのシチュエーションを考えつく限りの角度から描いたものがあったりする。その努力と向上心は賞賛に値するが、いずれも決定的な欠点を持っている。ツマラナイのである。

せっかくだからもう一篇、紹介しよう。こちらは原稿末尾に付された日付を見ると、大学四年生の秋に書いたものであると分かる。「打ち直しのピリオド」という題名で、内容的には男が女と別れようとする瞬間を、やはりデッサン風に描いたものである。これまたツマラナイという欠点を有しているが、三年の間に田舎青年が都会的になり、文章もやや上達したことが分かる。今でもよく覚えているが、これを書いた時は、

「過去形や完了形を使わないで小説を書いたらどうなるだろう」

というアイデアを得、それを実験してみるつもりであった。その意気込みやよしッ、しかし残念ながらツマラナイし、ちょっとスカしてるぞお前、恥ずかしくないのか、という感じの習作である。

〈グラスの氷が溶け始めて、ソーダ水がほんの少しずつ色を変えていく。

女は、ストローの細長い紙袋を弄《もてあそ》ぶばかりで、何も言わない。

壁際のスピーカーから、スローテンポの古いシャンソンが流れている。けれど、女には

聞こえていない。

うつむいた女の肩の辺りへ目を遣《や》ったまま、男は何か深く考え込んでいる。目の前のビールのグラスも、やはり手はつけられていない。

黒い灰皿の中で、ねじれた吸殻がまた一本、消えやらずにうっすらとくゆっている。

やがて店のウエイターが、一杯になった灰皿を替えに、二人のテーブルへ来る。

硝子《ガラス》の鳴る音がかちりと響いて、二人は一瞬、息を抜く。男は少し咳《せき》をする。女は椅子を引いて深く座り直す。

ウエイターがテーブルを離れると、女はストローをグラスにさして、底のチェリーを探り始める。チェリーの茎をストローの穴に刺して、用心深く持ち上げるそのしぐさは、男にとって妙になつかしい。
二、三度氷に引っかけて失敗してから、女はチェリーをグラスの外へ取り出す。口許を寄せてそれを食べると、茎だけちぎって灰皿に入れる。
男は自分も初めてビールのグラスに口をつけながら、女がナプキンを手に取ることを想う。

――そして種を包んで、テーブルの右端へ置く……いつものように。

全くその通りにする女を見ながら、男はもう一度心の中で呟く。

——いつもみたいに。

そして男はかえって遠い気持になってしまう〉

おお恥ずかしい。浸ってるなーお前、という声がどこからか聞こえてきそうで、耳を覆いたくなる。確かに意識的に過去形を避けたことによって、物語の〝現在進行性〟みたいなものはよく出ているけれど、ソーダ水とかスローテンポの古いシャンソンとかねじれた吸殻とかチェリーとか、歌謡曲の歌詞のように使い古された小道具ばかりが登場するので、読んでる方は気恥かしくなってくる。こんなカッチョつけた男と女なんか、別れようがかっこうがどうでもいいッ、と思わせる雰囲気に満ちていて興ざめである。

と、何だか過去の自分をケナしてばかりいるが、あらためて胸に手を当てて考えてみると、現在のぼくの文章だって決して褒《ほ》められたものではない。相変わらず稚拙で、イメージと相いれない文章を、つい書いてしまっている。しかも志の高さにおいては、過去の自分の方がずっと優れていたようにも思う。確かに学生時代のぼくはバカで下手で恥知らずだったけれども、きっと間違ってはいなかった。這《は》ってでも前へ進もうとしていたあの姿勢は、今のぼくがあらためて見習うべきものである。

ビル清掃員の刻苦

一九七九年、春。

演劇科の専門課程に進んだぼくは、引っ越しを考え始めていた。それまで暮らしていた西武柳沢のアパートは、ぼくの入学前に単身で東京を訪れた父親が勝手に決めてきた物件であり、入居当初こそ、

「ま、こんなもんだろう」

と思っていたものの、二年間も東京で暮らしてみると、それが決して良い条件の物件ではないことが分かってきた。まず第一に大学からずいぶん離れている上、駅からもかなりの距離があった。六畳一間にちっぽけな流しがついている点は別に文句もなかったが、トイレが共同でしかも汲《く》み取り式というのが気に入らなかった。ぼくの部屋はトイレのすぐそばだったので、夏ともなるとそのものズバリの臭いが室内にまで漂ってきて、

「なーんかミジメ」

という感想を抱かしめたのである。しかもこの時期、ぼくは徐々に色気づき始めていたので、こんなトイレじゃ女の子を部屋に呼ぶのも憚《はばか》られるわ、イヤンイヤンなどと悩んだ

りしていた。

　そんな折も折、級友たちと学内のラウンジで一杯五十円の紙コップコーヒーを飲みながら、下宿代について雑談を交わしてみたところ、ぼくのアパートの家賃が決して安くないということが判明した。まったく同じ家賃で代々木駅徒歩五分の場所に八畳の部屋を借りている奴がいたり、もっと安い家賃で早稲田鶴巻町に六畳の部屋を借りている奴がいたりしたのである。もちろん彼らの部屋のトイレは、いずれも水洗式である。

　ぼくは自分のアパートの共同汲み取り式トイレで、二年間に三回も頭にハエ取り紙がくっついちゃって大変だったことなどを思い出し、猛烈に頭にきた。そして、んもう絶対に絶対に絶対に引っ越してやると鼻息も荒く決意した。

　しかしながら引っ越しは、堅い決意だけでできるものではない。先立つものがどうしても必要なわけだが、ぼくにとってはこれが大問題であった。実家の方の経済状況は相変わらずの調子で、仕送りは途絶えたままだったし、ぼくがアルバイトで稼ぐ金も日々の生活費でほとんどが消えてしまっていたので、貯金など一銭もなかった。引っ越しをするためには、敷金礼金前家賃などを合わせて少なくとも家賃の四倍の金が必要である。二万三千円の家賃の部屋へ引っ越すとして、九万二千円。引っ越し用のトラックを借りたりする費用を合わせれば、十万は必要だろう。これは大金である。

「うーむ……ここは一発、稼ぎのでかいバイトを集中的にこなすしかないか」

とはいえ、稼ぎのでかいアルバイトは希望者も当然多いわけだから、そう簡単に見つかるものではない。例によって下落合の学徒援護会や、大学近くのアルバイト紹介所を足しげく訪れてみたものの、理想的なアルバイトはなかなか見つからなかった。仕方なくぼくは短期のアルバイトで、スーパーの店員をしてみたりコンサートの警備係をしてみたりして、虚《むな》しく消えていくばかりの生活費を稼ぐ日々が続いた。

しかし幸運というのはどこに転がっているか分からないもので、不本意ながら従事していた短期のアルバイト先でぼくは耳寄りな情報を仕入れた。仲良しになった成蹊《せいけい》大学のN君という学生が、

「実はよ、割のいいバイトがあんだけど、一緒にやらねえか」

と誘ってくれたのである。内容はビル掃除のアルバイト。条件は午後七時から朝七時までで、交通費支給の六千円だという。なるほど一晩六千円は魅力だが、十二時間労働はキツイなあとぼくがこぼすと、N君は分かっとる分かっとるといった表情で、こう説明してくれた。

「一応タテマエで十二時間拘束になってるんだけどよう、実際に働くのは四時間くらいなんだよ」

「じゃ、残りの八時間は何してるのさ？」

「だからあ、七時に集まるだろ。でもほら、オフィスビルだからさ、残業とかで居残ってる奴がいるじゃん。そいつらが帰るまで控室でテレビとか観ながら待ってるわけ。で、実際に働き始めるのは九時とか十時。バイトの連中はみんな慣れてて、チームワークもいいから、上手くすれば十二時頃に仕事を終えて終電で帰れちゃうんだな」

「それでも六千円くれるの？」

「当たり前じゃん」

「そりゃいいなあ。サギみたいだけど」

「サギじゃねえよ。ちゃんとノルマは果たすんだからさ」

「終電に間に合わない時は、みんなどうするわけ？」

「バイクで来る奴なんかは帰っちゃうけど、電車で来てる奴はビルん中で始発を待つらしいな。控室で寝たり、オフィスの応接室で勝手にトランプしたりするらしいよ」

「そりゃいいや」

　この話を聞いて、ぼくはすぐにでもビル掃除を始めたくなった。実働四時間で、十二時間分のバイト料がもらえるなんて、嘘みたいな話ではないか。

さてN君から話を聞いた翌週、ぼくは水道橋にあるビル・メンテナンス会社の本社を訪れて簡単な面接を済ませ、翌日からすぐに現場へ配属されることになった。指定されたのは茅場《かやば》町にあるKビルディングである。このビルは今でも健在で、箱崎から高速に乗る時などに前を通ると、胸苦しくなるほどの懐かしさが込み上げてくる。本当に何の変哲もないオフィスビルだが、ぼくにとっては旧友のような存在なのである。

面接の際に、控室は屋上にあると聞いていたので、ぼくはエレベーターに乗って九階まで上がった。ここからは階段である。本社で手渡されたLサイズの作業服を入れた鞄《かばん》を肩に、フットワークも軽く階段を昇り詰めると、なるほど広々とした屋上の隅っこに薄汚いプレハブが一軒建っている。建っていると言うか、屋上にぽんと乗せてあるような風情である。出入口の扉が半開きになっているので、近づいていきながら、

「こんちはー」

と中へ声をかけると、数人の鋭い視線に迎えられた。大学生らしき四人が、八畳ほどの室内にゴロゴロ寝転がった状態で、こちらを見ている。いずれの人物も、

「明らかに栄養と睡眠が足りませんッ！」

と主張するかのような顔つきで、目が飢えて鋭く感じられる。多分ぼく自身も、同じ顔つきをしていたろう。順ぐりに四人と視線を重ねた後、

「新人の原田です。今日から一緒に仕事させてもらいますんで」

と一礼すると、みんなほっとした表情になってぼくを迎え入れてくれた。後で分かったことだが、この時控室にゴロ寝していた四人はいずれもビル掃除のベテランで、しかも小説の登場人物のように個性的な人ばかりだった。一見したところ全員大学生かと思ったのだが、実は社員が二人いて、一人はHさん、もう一人はEさんといった。

Hさんはグループのリーダーで、東北出身の生真面目な男であった。訛《なまり》の残る標準語を喋《しゃべ》るので、リーダーなのに仲間内でからかわれることが多かったが、滅多に怒ることはなかった。知り合ってから後、ぼくはその優しさにつけ込んでしょっちゅう奢《おご》ってもらったり金を借りたりしていたので、未だにHさんのことを思い出すと、ありがたいような申し訳ないような情けないような気分になる。ぼくにとって物分かりのいい兄のような存在だったと、今頃告白したらHさんはどんな顔をするだろう？

「やめてくれよう」

と東北訛の標準語で呟《つぶや》いて、大いに赤面するだろうか。

もう一人の社員であるEさんは負けん気の強い性格で、その昔不良だったことが自慢の人物であった。酔うとすぐその話になるのだが、酒量に正比例して話の内容がでかくなっていくので、ぼくらは面白がりながらも辟易《へきえき》することが多かった。最初に聞いた時は、五人を相手に喧嘩《けんか》をして勝ったという内容だったのに、いつのまにかこんな具合になってしまう。

「俺がよう、堤防を駆け上っていくとよう、川原に相手が勢揃いしてるのが見渡せてよう、さすがの俺もびびったぜ。何しろ……」

「相手は五人、でしょ」

「バカヤロ！　五十人だ五十人！　俺、チェーンとアイアンナックル持ってたからよう、これで相手をバッタバタ倒してよう、もー大変だったぜサツには摑《つか》まるしよう」

「へー」

「何しろ五十人だからな。素手だったらヤバかったけどよう」

「へー」

「新聞にも載ったんだぜ。地方欄によう」

「へー」

Eさんはものすごく熱心に、一生懸命この話をするので、ぼくらとしては「へー」と答えるしかなかった。ぼくが大学を卒業した翌年に、本社勤務のデスクワークになったという噂を聞いたが、今でもあんな調子で巨大なホラを吹きまくっているのだろうか。もう一度、酒を酌《く》み交わしながらあの名調子を聞いてみたい気もする。

さて残る二人の先輩は、NさんとTさん。Nさんは早稲田政経学部の四年生で、口を開くと就職の話ばかりする人であった。初めて言葉を交わした時も、

「君、明光商会って知ってる？」

なあんていきなり切り出してくるものだから、ぼくは大いに面食らった。知りませんけどと答えると、Nさんは急に怒ったような顔つきになって、

「何だ知らないの？　ほらMSシュレッダーの明光商会だよ。占有率高いって言うか、シュレッダーに関してはほとんど独占企業だから、この先伸びる企業だぜ」

なあんてことをまくし立てた。ぼくは何故自分が明光商会について説明を受けなければならないのか、さっぱりワケが分からなかったので、ハーとかヘーとかムーとかヒーとか答えるしかなかった。今だったらもう少し気の利いた受け答えができるかもしれないが、当時はとにかくウブだったから、まるで予約録画を頼まれた猿のように困惑するばかりだった。

もう一人のTさんは駒沢大学の学生で、落語研究会通称オチケンに所属している愉快な人であった。漫才で言うとツッコミのタイプで、やたらに人の揚げ足を取ったり、バカにしたりする。それが一々ツボを心得ているものだから、バカにされた方も笑ってしまい、怒る気になれないのである。ビル掃除なんて汚れ仕事をしている割には清潔好きで、身嗜《みだしな》

みにも気を遣っているらしく、作業服の上着の襟を立てて、

「これがカッチョいいのよね」

と一人で悦に入って納得しているようなところがあった。

五分に一回の割合で炸裂《さくれつ》させていたTさんのギャグについてはすっかり忘れてしまったのに、未だによく覚えているのは、髪の毛についての講釈である。ある時、ぼくがKビルディングの屋上の水道で頭を洗い、濡《ぬ》れた髪のまま日光浴をしていると、いつのまにかTさんがそばに来て、

「原田、お前髪の毛ドライヤーで乾かさないのか？」

と声をかけてきた。

「だって自然に乾くでしょう髪なんか」

ぼくがそう答えると、Tさんはいかにも不快そうに眉《まゆ》をひそめ、

「お前なあ、ドライヤー使わないとせっかく洗った髪の毛が臭くなるんだぜ」

と言い残すなり控室の方へ行ってしまった。下らないと言えば下らない話だが、当時のぼくはなるほどそうなのかと感心し、以後女の子と会う前の晩は、銭湯で必ずドライヤーを使うようになった。二十歳前後に目上の人から聞いたこのテの話は、妙に後々まで記憶に残っているもので、未だにぼくはドライヤーを使わないと、

「髪の毛、臭くないかなあ」

と気になったりする。

このTさんに関しては、消息ははっきりしている。駒沢大学を卒業した後、落語家の弟子になったという噂は聞いていたのだが、つい先日、新宿の末広亭へ行った折にパンフレットを眺めていたら、Tさんの写真が載っていたのである。この九月に、とうとう真打ちに昇進するらしい。桂竹丸という名前で、テレビでも時々見かけるから、御存知の方も多いかと思う。昔のバイト仲間が、自分なりの世界でそんなふうに頑張っていることを知って、ぼくは本当に嬉《うれ》しかった。パンフレットに載っていたTさんの写真は、やや太ってはいるものの、十五年前の面影を十分に残していた。さすがに着物の襟は立てていなかったけれども。

手短に紹介するつもりが、書いている内に色々と思い出が甦《よみがえ》ってきたので、ずいぶん長くなってしまった。この四人だけでなく、Kビルディングの屋上控室に集まるビル掃除仲間は他にも沢山いて、いずれも面白い奴ばかりだったが、一々紹介するのは控えることにする。とにかくチームワークが重要な仕事だったので、全員がちょっとキモチ悪いほど仲良しであったとだけつけ加えておこう。普通はバイト先に一人や二人、

「あいつヤだなー」

と思える人物がいるものだが、このビル掃除のバイトに関しては例外であった。だからぼくはこのバイトをずいぶん長く続けた。半年ごとに、能力に応じてバイト料も上がっていったので、ますます辞められなくなっちゃったのである。

さて一口にビル掃除と言っても、その内容は色々である。

ひとつはオフィス内のゴミや灰皿を集めたり、机を拭《ふ》いたり、絨毯《じゅうたん》に掃除機をかけたりする一般清掃。これは非常に楽な仕事だったので、主に年寄りの従業員が担当していた。ふたつめはピータイルの床を、ポリシャーと呼ばれる機械で洗いまくり、ワックスをかけてぴかぴかにする床清掃。みっつめは屋上から命綱をつけてぶら下がり、窓を拭きまくる窓清掃。これは相当危険を伴うので、バイト学生がやることはほとんどなかった。

ぼくらがチームワークを発揮して従事したのは、主にふたつめの床清掃であった。

段取りは、このバイトを紹介してくれたN君が言っていた通り、まず午後七時に控室に集合する。一応作業服に着替えて、テレビを観たり文庫本を読んだりしていると、頃合を見てリーダーのHさんが、

「そろそろ始めっか」

と腰を上げる。八時半くらいから始めることが多かったように思う。ノルマは曜日によ

って、Kビルディングの四階と八階とか、Mビルの三階と共用部分とか一応決められていたが、バイト学生の人数が多いと、当然ノルマも増やされた。

床掃除の手順は、まずオフィスの椅子を机の上へ載せることから始まった。広々としたオフィスに整然と並んだ机の上へ、事務用の椅子を逆さにして載せていく。ちょっと離れた場所からその様子を眺めると、なかなかの圧巻であった。逆さになった椅子の脚がずらりと並んだ様子は、まるで化石の森を想わせた。

椅子をすべて机の上へ載せ終えると、次は洗剤塗り。バケツの水に洗剤を混ぜ、これをモップにつけてばしゃばしゃと遠慮なく床に塗る。するとその後を追いかけるようにして、ポリシャーがわしゃわしゃと床を洗う。洗い終わった部分に残る汚水は、カッパギと呼ばれるT字型のゴム箒《ぼうき》で、チリトリに集めてはバケツの中へ入れる。それから水を含ませたモップできれいに床を拭き、最後の仕上げにワックスを塗る。ワックスが乾いたら、椅子を元通りに下ろして、いっちょ上がりである。文章で説明すると結構大変そうだが、ぼくらバイト学生たちはこの一連の作業をテンポよく、流れるようにこなしていった。とにかく早く終わらせれば終電で家へ帰れたので、みんなそれぞれに真剣だったのである。

作業が思うように捗《はかど》らず、終電を逃してしまった時は、そのままビル内に留まって朝を待つ。この時間は、ぼくらにとって至福の時であった。何しろ夜中の二時、三時であるから、ビル内にはぼくら以外に誰もおらず、やりたい放題だったのである。大抵は誰かが麻雀牌を持ってきていたので、社長室の机にシーツを敷いて麻雀を打ったりしていたのだが、メンバーからあぶれると、ビル内をぶらぶら探索してひどい悪さをしたりもした。オフィスの冷蔵庫からジュースを失敬したり、長距離電話を勝手にかけたり、コピーの機械をばんばん使いまくったり……今にして思うと、ほとんど犯罪行為である。本当はもっとひどいことも沢山やったが、怖くてここにはとても書けない。

そんなふうにして約二ヵ月間、ぼくは大学の授業をそっちのけにして、ビル掃除のアルバイトに精を出した。よくしたもので、アルバイトを懸命にやればやるほど余分な金を遣うことがなくなり、手元には意外なほど沢山の金が残った。この金を握りしめて、ぼくは不動産屋巡りを始め、七月半ばに夢の引っ越しを敢行することができた。

新しい住処《すみか》は、吉祥寺南町の静かな住宅街の中である。広さは約七畳。台形の変則的な部屋なので、家賃も周囲の相場よりは二割がた安かった。流しは室内にあり、問題のトイレは共同だが、ちゃんと水洗式である。一階に家主のばあさんが住んでいて、少々気を遣わねばならない点を除けば、申し分ない物件であった。

ところが引っ越して三日もしない内によおく分かったのだが、この家主のばあさんが大問題だったのである。年寄りで日がな一日家の中に閉じ籠《こ》もっているものだから、暇を持て余して、店子《たなこ》の動向を常に気にかけている様子なのである。気にかけているだけならいいのだが、ばあさんは即座に行動に出る。彼女としては、

「あたしゃ親切でやってるの！」

という大義名分があるために、行動に容赦がない。悪気はないと分かっているから、余計厄介なのである。

例えば引っ越した翌日の夜。共同トイレへ入って小用を済ませ、自分の部屋へ戻ったところ、ドアにノックの音があった。今時分に誰だろうと思ってドアを開けると、そこに家主のばあさんが立っていた。彼女はやや怒っている様子であった。

「あなた、今トイレに行ったでしょう」

ばあさんは何の前置きもなしに、いきなりそんなことを言った。ワケが分からないので、ええ行きましたけどと正直に答えると、彼女はホラホラ、やっぱりねといった顔つきでこう言った。

「あなたね、おしっこをした時は水洗のコックを〝小〟の方へ回さなくちゃ。今あなた、おしっこだったんでしょ？」

「はあ、おしっこでした」

「それなのにコックを〝大〟の方へ回したでしょ」

「はあ、まあ、何というか、そうだったかもしれません」

「だあめ、そんなことしたら。トイレの壁に貼紙してあるでしょ。おしっこの時はコックを〝小〟に回しなさい。いいですね。〝大〟に回すのは大便の時だけよ」

「……」

ぼくは返す言葉も失って、去っていくばあさんの後姿を見送るばかりであった。ようするにばあさんは、二階の店子の誰かがトイレに入るたびに、一階でじーっと耳を澄ましているのである。まさに絶望的な情熱と呼ばねばなるまい。

またある時、ばあさんは朝五時半にぼくの部屋を急襲した。重ねて言うが、朝の五時半である。ぼくは当然ベッドの中で眠りこけていた。激しいノックの音でぼんやりと目が覚め、夢遊病者のようにふらふらと起き上がってドアを開けたところ、腰に手を当てたばあさんがぱんぱかぱーんと立っていて、

「おはよう！　原田さん！」

と元気よく挨拶《あいさつ》するのである。半分夢うつつで、何ですかと尋ねると、彼女はさも重要なことを伝えるかのような口調で、

「今日はね、燃えないゴミの日よ！　越してきたばかりだから、あなた知らなかったでし

ょ。あたしが代わりに出してあげるから、よこしなさい」

　というのである。ぼくは開いた口が塞《ふさ》がらなかった。ばあさんは世の中の人間が全員、自分と同じように朝五時に起床するものと信じて疑わないらしい。しかしどこの世界に朝の五時半から燃えないゴミを準備して、家主の訪問を待つ二十歳の若者がいよう。そんな青春はイヤだイヤだあ〜、とぼくは頭を抱えてしまった。

　しかしばあさんのお節介はとどまるところを知らず、翌週にはぼくの不在中にマスターキーを使って部屋へ上がり込み、勝手に掃除をするという暴挙に及んだ。夕刻、吉祥寺の駅前まで買物に出かけ、戻ってみると部屋の様子が変わっていたのである。干しておいた洗濯物が取り込んであり、散らかっていた室内がきちんと整頓《せいとん》されている。ベッドの周囲に放り出してあったエッチな本までもが、キチッと重ねられて机の上に置いてある。そのキチッとした重ね方は、無言の内に、

「こんな本読んだりしちゃいけませんッ。ダメですからねッ。いいですね。分かりましたね。ふんとにもう」

　というばあさんの意志を、ひしひしと伝えてくるかのようであった。ぼくはおろおろして部屋の中を行ったり来たりし、腕組みをしたり地団太を踏んだり頭を掻《か》いたりケツを掻いたり青くなったり赤くなったりした挙句、やっぱりこれはどうしても黙ってられないと

決意して、階下へ降りていった。最初は怒鳴ってやるつもりで、鼻息も荒くばあさんの部屋を訪れたのだが、目が合うなり気持が萎《な》えちゃって、

「すいませんけどぉー」

なあんて切り出してしまう自分が情けなかった。遠慮がちに、頼むから不在中に部屋に入るのだけは勘弁してくれと告げると、ばあさんは顔色を変えて反撃してきた。

「あたしはねえ、あなたのお母さんに頼まれてお世話してるのよ。それを何！　お節介だって言うのあなたは」

この言葉にぼくは少なからず驚いた。いつのまにぼくの母親がそんなことを頼んだのか、にわかには納得できなかったのである。きょとんとした顔をしていると、ばあさんは立ち上がって納戸の中から一通の葉書を取り出し、ぼくに手渡した。そこには確かにぼくの母親の字で、こう書かれていた。

〈前略ごめんくださいませ。この七月よりそちら様のアパートでお部屋をお借りすることになった原田の母でございます。（中略）何分にも若輩でありますゆえ、ご迷惑をおかけするやもしれませんが、何卒よろしくお頼み申し上げます〉

ぼくが読み終わる頃合を見計らって、ばあさんは「ほおらね」といった表情を浮かべた。ぼくはまたもや返す言葉を失ってしまった。なあにが「ほおらね」なのだッ！　この葉書

のどこに、ぼくの世話を焼いてくれと書いてあるのだッ!

「そうやってね、あなたのお母さんに頼まれたんだから、あたしとしてはできる限りのことをしようと考えているわけなのよ」

ばあさんは無言のままのぼくにダメ押しをするかのように、そう言って胸を張った。んもう何をか言わんや、である。

このばあさんのおかげで、ぼくはまたもや引っ越しを考えなければならなくなった。一日でも早く引っ越したかったので、掃除のバイトに精を出すのはもちろんのこと、バイト先のHさんや大学の友達にも借金をして、八月の前半には何とか十五万円の金を手に入れた。今度は、家主が違う建物に住んでいるということを絶対条件として物件を探し、西早稲田のアパートへ引っ越すことになった。結局、吉祥寺のばあさんの上に住んだのは、一ヵ月足らずである。

こうしてぼくは短期間に二度の引っ越しをし、疲れ果て、オケラになって一九七九年の夏を迎えた。暑くて暑くて、うんざりする夏であった。

エロ本配達青年の興奮

「大学在学中に経験したアルバイトの中で、一番風変わりな仕事だったのはどんなアルバイトか?」

こういう質問を受けたとしたら、ぼくはおそらく大学三年生の夏に従事したアルバイトだと答えるだろう。このアルバイトについては『十九、二十』という小説の中で取り上げたが、そこにはかなりフィクションが入り混じっている。ここではそのフィクションの部分を省き、実際のところどんな感じだったのかを書いてみたいと思う。

一九七九年、七月。

大学は夏休みに入っていた。ぼくは春先に友人の紹介でありついた深夜のビル掃除のアルバイトを続けていたが、ここでいっちょう気合を入れ、昼間のアルバイトも探して、昼夜連続操業状態に突入しようと計画した。ビル掃除のアルバイトは傍目には大変そうに思われがちだが、実はそれほど体力を消耗する仕事ではない。始発で帰宅して五時半から九時半まで眠れば、十時から昼間のアルバイトができるじゃないか、と単純に考えたのである。

睡眠四時間で、昼夜連続アルバイト——今だったら三日もしない内に発狂してしまいそうだが、当時のぼくには最小限の睡眠でもせっせと働ける体力があった。春先から夏にかけて、短期間で二度も引っ越しを繰り返したせいで、すっかり懐が寂しくなっていたこともあり、ここはひとつ体をイジメてでも多めに稼いでおきたかったのである。

街路樹までもげんなりと生気を失って見えるほど暑い午後のこと。ぼくはアパートを出て、早稲田通りを大学の方へ歩いていった。目指すは文学部のそばにある、小さなアルバイト紹介所である。ここは下落合の学徒援護会に比べると、かなりいいかげんなアルバイトの紹介をすることで定評があった。出入口のガラス扉にいつもびっしりとチラシが貼ってあり、学生たちは通りすがりにこれを眺め、必要に応じてベリベリと剝《は》がしては持っていく。後は自分でそのチラシに載っているバイト先へ電話をかけ、自分で決める。紹介所で学生証を提示したり、用紙に何か書き込んだりする必要はないので、煩わしさを嫌う学生たちには結構人気があった。ただしそういう突き放した紹介の仕方なので、トラブルも多かったらしい。

「チラシにはウエイトレスと書いてあったから行ってみたら、ノーパン喫茶だった」

「誰にでもできる簡単な作業、と書いてあったのに、いきなりトラックに乗せられて埼玉のタコ部屋に入れられた」

「事務と書いてあったのに、行ってみたらネズミ講の勧誘員をやらされた」

なあんて噂をいくつか聞いた覚えがある。だからぼくとしてもややオヨビ腰ではあったのだが、背に腹は換えられない。前日、下落合の学徒援護会へ出向いたり、日刊アルバイトニュースを買ってみたりしたが、これといったアルバイトは見つからなかったので、残された道はこのやや如何《いかが》わしい紹介所だけだったのである。

引っ越したばかりの西早稲田のアパートから文学部そばの紹介所までは、歩いて十分ほどの距離である。髪の毛がちりちり言いそうなほどの熱い直射日光を脳天に浴びながら、ぼくは紹介所のガラス扉に貼ってあるチラシに目を凝らした。夏休みに入っているので、背後を行きかう学生たちの姿は、いつもより疎《まば》らである。十五分ほどかけて、何種類かのチラシに目を通したが、

「掘り出しモノめっけ！」

と叫びたくなるようなアルバイトはなかった。がっかりしてその場を立ち去ろうとした矢先、誰かの視線がぼくを捉《とら》えていることに気づいた。半開きになったガラス扉の奥にカウンターがあり、痩《や》せた初老の男が頬杖をついてこちらを見ていた。目が合うと、ほんの少しだけ頬を緩め、こっちへ来いと手招きをする。

「何ですか?」

訊《き》きながら体半分だけ中へ入ると、初老の男は何も答えずに、手元にあった大学ノートを捲《めく》り始めた。

「バイト探してんだろ? まだチラシに載せてないやつ、あるぞ」

ややあってから、男はそう言ってノートに落としていた視線を上げた。その額に汗が滲《にじ》んでいる。それを見て、ぼくは自分の額を手の甲で拭《ぬぐ》い、

「どんなバイトですか?」

と訊き返した。男は開いていたページの右隅を指して、

「君、普通免許持ってる?」

「はあ、一応持ってますけど……」

答えながら、語尾が萎《しぼ》んでいくのが自分でも分かった。四ヵ月前の春休みに、実家のある岡山で教習所に通ったので、普通免許は持っている。コンサートの警備員や左官のバイトをして稼いだ金のすべてを注ぎ込んで、やっとこさで取得したのである。しかし東京で運転をしたことは、一度しかない。友達四人と割カンでレンタカーを借り、奥多摩まで運転したのだが、大型トラックとすれ違うたびに小便をチビりそうなほど恐ろしい思いをした。

「東京の道は滅法恐い」

というのがその時の印象である。だから胸を張って「免許なら持ってる」とはとても言えなかった。初老の男はぼくの自信なさそうな受け答えを不審に思ったのか、

「一応ってどういう意味？　免停か何か？」

「いえ、そうじゃなくて……ほとんど運転したことないんです」

「でも持ってるんだろ？」

「ええ、だから一応」

「免許持ってるんなら、いいバイトあるんだよ。ほらこれ。今朝方入ってきたんだけど、本の配達・要普通免許」

「はあ……」

ぼくは男の手元を覗《のぞ》き込んだ。鉛筆書きの汚い字で〝十時から六時、五千六百円、交通費支給〟と記してあるのが見える。八時間労働で五千六百円ということは、時給になおすと七百円。当時の昼間のバイトの平均時給は、四百五十円から五百五十円くらいだったから、これは破格である。ぼくは自分の体が、その五千六百円という文字に向かってぐぐッと吸い寄せられるように傾くのを感じた。同時に頭の片隅で、掘り出しモノだッという声が響いた。

「ずいぶん時給いいですね」

牽制《けんせい》するようにそう言うと、初老の男はにやにやして、

「俺の給料よりよっぽどいいやね」

と答えた。羨望《せんぼう》とも揶揄《やゆ》とも取れる、複雑な笑顔だった。

「まあ、あれだよ、要普通免許っていうのは、助手として隣に乗るってことだと思うよ。ライトバンか小型トラックで本を運んで、積み下ろしが主な仕事だな。向こうだって大事な車だろうから、そう簡単に学生さんに運転させやしないよ」

「なるほど……」

ぼくは納得してメモ用紙を一枚もらい、そのバイトの連絡先を書き写した。あらためて見ると、住所は早稲田鶴巻町とある。アパートから歩いていける距離だ。

「じゃ、頑張んなさいよ」

言葉とは裏腹に、初老の男は生欠伸《なまあくび》を嚙《か》み殺しながらぼくを送り出した。

M企画というのが、その会社の名前だった。アルバイト紹介所近くの公衆電話から連絡を取ると、若い男の声が応対し、すぐに迎えに行くから待っていろと言われた。

「どこで待てばいいんでしょう?」

そう尋ねると、電話口の若い男は急に怒ったような口調になり、

「大学の正門の前！」

と言い放って、電話をきった。よほど急ぎの用事があったのか、それともたまたま虫の居所が悪かったのか。ぼくは舌打ちを漏らして受話器を置き、石でも転がっていたら蹴《け》りたいような気分で大学の正門前まで歩いた。すぐに迎えに行くと男は言っていたが、それらしき人影はなかなか現れなかった。直射日光を浴びてだらだら汗を流しながら、ぼくは待った。正門を潜って学内に入ればいくらでも木陰があるにもかかわらず、律儀に正門前の炎天下で待ち続けていたのは、迎えにくる男に対して、真面目な印象を与えたかったからである。時給七百円、偶然にも網にかかった破格のアルバイトを、水揚げの瞬間に逃したくなかった。

しかしながら三十分後、鶴巻町方面からぶらぶら歩いて現れた男が傍へ寄ってきた時、ぼくは自分の幼稚な工夫が何の意味もなさないことを知った。男はぼくの顔に一瞥《いちべつ》もくれずに、あさっての方を向いて、

「原田君ね」

と呟《つぶや》くなり、こちらの返事も聞かずに踵《きびす》を返し、今来た道を戻り始めた。ぼくは慌てて後を追い、隣に並んだ。男は年の頃三十二、三。ナス型のサングラスをかけ、髪を長く伸

ばして、六〇年代風の雰囲気を漂わせていた。相手の顔を見ずに、いつも目を伏せたまま呟くように喋《しゃべ》るのは、癖であるらしい。歩きながらアルバイトの条件についてあれこれ尋ねようとすると、

「俺分かんねえよ。会社についたら社長に訊いてくれよ」

と、やんわり拒絶されてしまった。厭《いや》な感じだなと思ったけれど、アルバイト初日というのは、こういうことがよくある。初対面の時につっけんどんな言い方をする人に限って、慣れ親しむと深情けをかけてくれたりすることが、今までに何度もあった。だからぼくは意識的に人なつっこい口調で、めげずに質問を続けた。

「普通免許が必要だって聞いたんですけど、やっぱあれですか、車の運転が仕事なんですか？」

「そりゃあやってもらうよ」

「一応免許あるんですけど、若葉マークなんで、あんまり自信ないんですよね」

「それじゃあ困るなあ。こっちにも事情があるから……」

「事情って何です？」

「本当なら俺が運転するんだけど、今さ、免停なんだよ。だからどうしても君に運転してもらわなくちゃ困るんだな」

「そうですか……」

ぼくは暗い声で呟き、うつむいた。大丈夫だろうか、できるだろうかと自問してみる。断るなら今この瞬間だと思ったが、その一方で〝時給七百円〟という王冠のような輝きを伴う言葉が、頭の片隅をよぎる。そうやってぼくがくよくよ悩んでいる気配を感じ取ったのか、隣を歩いている男は初めてこちらの顔をまともに見て、

「できそうにないなら、今断ってくれていいんだぜ」

とつまらなそうに言った。

「いえ……大丈夫だと、思うんですけど。運転してみないと何とも……」

「あ、それから事前に断っておくけど、ウチで扱ってる本は柔らかい種類の本だから。分かるよね?」

「はあ。なら運ぶ時丁寧に扱わないといけないわけですね」

「え?」

男は一瞬きょとんとした顔をし、それから急に笑い出した。神経質そうな顔立ちに似合わぬ、屈託のない笑い方だった。

「馬鹿だなあ。違う違う。柔らかいっていうのは中身のことだよ」

「中身?」

「ズバリ、ポルノ雑誌なんだ。そういうの嫌い？　嫌いだったら、今断ってくれても構わないから」

「あ、そういうことですか……」

ぼくはたちまち赤面し、どぎまぎした。意外な展開に頭が混乱し、しばらく何も考えられない。ポルノ雑誌を配達する？　確かにそういう商売はあるだろうけど、まさかぼくがその仕事に従事するなんて、夢にも思わなかった。しかし考えてみれば、二十歳の青年にとってこれほど魅力的なアルバイトは他にないかもしれない。配達するということは、そのテの本が売るほどあるということだ。そこに身を置く自分を想像すると、ぼくはまるで蜂蜜樽《はちみつだる》の中に頭から落っこちた熊のプーさんのような気分になった。

「何ちゅうか……面白そうですね」

ぼくは正直にそう言って、我ながらだらしない笑みを漏らした。男はそれを見て苦笑し、

「面白いのは最初だけ。仕事なんだからすぐ慣れちゃうし、結構大変だよ」

そう言って長い前髪を掻《か》き上げた。

若い男に連れられてM企画のオフィスに入った直後から、ぼくの風変わりなアルバイトは始まった。翌日から働いてくれればいいと言われたのだが、ぼくの方から何か手伝わし

てくれと申し出たのである。

最初にやらされたのは、袋詰めという仕事だった。これはポルノ雑誌をビニールの袋に詰めて、特殊なアイロンで封をする簡単な作業である。この作業をするために、初めてポルノ雑誌の倉庫へ案内された時、ぼくは自分の目がどうかなったのかと思った。一歩足を踏み入れた瞬間、倉庫内の壁が全面桃色に見えたのである。ものすごい数のポルノ雑誌がびっしり積まれているため、その表紙や背表紙に印刷された女の裸の色が、グラデーションをなして壁を染めていたのである。これはまさに衝撃的な眺めだった。

案内してくれた六〇年代風の若い男——Iさんは、呆気《あっけ》なく頰を染めるぼくの横顔を見て、にやにやしながら特殊アイロンの使い方を教えてくれた。そしてぼくの尻《しり》をひとつ叩《たた》くと、

「じゃあ俺、仕事に戻るから。しばらく誰も倉庫には来ないから、ゆっくり楽しみながら袋詰めしろよ。な」

意味深長な口調でそう言い残すと、倉庫から出ていった。後に一人残されたぼくは、最初の五分くらいだけ生真面目にポルノ雑誌を袋に詰めていたが、堪え難い欲情が徐々に募ってきて、

「あーッ、もうダメ！」

と叫ぶなり、袋に詰めようとしていたポルノ雑誌を開いて、中身を観賞し始めた。二十歳の青年としては、まあ当然の行為。五分我慢しただけでも、かなりの忍耐力であると言えよう。

開いて中身を確かめてみると、M企画で扱っているポルノ雑誌は、いずれも相当ハードなものであることが分かった。もちろん肝心な部分はスミで消してあったり、アミが掛けてあったりしたが、その消し方が非常に煽情的《せんじょうてき》で、

「ここ！　ここんとこ意識的にスミをうすくしてみましたあ！　スケベの皆さん、大チャーンス！」

とでも言わんばかりなのである。眺めている内に、ぼくは犬のようにはあはあと興奮し始め、しかしながら欲情の持っていき場がなくて、頭を掻きむしりたいような衝動にかられた。最初にページを開いた瞬間から、股間《こかん》の方はずうっと硬直し続けて、暴発寸前である。これだけの数のポルノ雑誌に囲まれていながら、物理的には何もできないなんて、二十歳の青年にとってはまさに拷問《ごうもん》ではないか。ぼくは空咳《からせき》をしたり、背伸びをしたり、「うーむ」と唸《うな》ったり、屁《へ》を我慢するように脚を交差させて悶《もだ》えたりして、何とかこの狂おしさをやり過ごそうと試みたが、あまり上手くいかなかった。

「二、三冊持ってトイレに入って、一発コイてしまいたいッ！」

と何度思ったかしれない。しかしアルバイト先でそんなことをするなんて、見つからないまでも気取られたりしたら、史上最大の恥辱である。ここは我慢だ我慢だ我慢だ我慢だ我慢だ！

そうやって約二時間、ぼくは自らの性的欲情と格闘して、へとへとに疲れ切った。六時少し前に現れたIさんは、ぼくの青ざめた疲労顔を見て、きっと誤解したに違いない。訳知り顔で肩を叩かれ、

「青年、元気じゃのう」

と冗談混じりに言われた時は、恥ずかしくて顔から火が出そうになった。

「何が元気なんすかァ」

と一応トボけてみたものの、その口調はまるで新婚初夜のことを茶化された新妻のようで、恥の上塗りもいいところだった。

M企画のスタッフの数は、驚くほど少なかった。社長とIさんと、事務の女の子。この三人だけである。オフィス自体は三階建ての古いビルを借り切っていて、スペースにはかなり余裕があったので、少なくとも十人くらいの社員はいるだろうと思っていただけに、これは意外だった。Iさんの話によると、M企画はポルノ雑誌の取り次ぎだけでなく、自

前で出版もしているらしかった。従って暗室やら撮影用の小部屋やらが必要になってくるため、広めのスペースを借りているのだという。

しかしそれにしても三人で使うにしては余裕があり過ぎるような気がして仕方なかった。一階は応接室と八畳ほどの事務室、それに車二台分の駐車場と倉庫がある。二階は暗室とフィルムの保管庫、社長室。三階は撮影用の小部屋が二つあり、一つはOL風、もう一つは女学生風のインテリアが揃えられている。バイトを始めてから何日か後に、M企画で作ったポルノ雑誌をぼんやり眺めていたところ、この三階の部屋が撮影場所として再三使われていたので、ぎょっとしてしまった。OL風の部屋のカーペットの上で、赤いスケスケのパンツを穿《は》いた女が大股《おおまた》を開いて写っていたのである。自分の頭上にある部屋で、生身の女がこんないやらしいポーズを取っていたのかと思うと、いわく名状しがたい興奮が胸の内に芽生えたりした。

古ぼけているとはいえ、三階建てのビルを借り切っているくらいだから、さぞや儲《もう》けているのだろうと思いきや、実情はそうでもなかったらしい。社長の実家が金持で、そこからの援助で何とかやりくりしているのだと、Iさんの口から聞いた覚えがある。なるほどそう言われてみれば、社長という人物にはどこかしら鷹揚《おうよう》な、ぼんぼんの気配が漂っていた。年齢は四十歳前後で、恰幅《かっぷく》がよく、黒縁の眼鏡をかけて煙草をふかす横顔は、ちょっと大橋巨泉に似ている。普段は無口で、つまらなそうな顔をしているのだが、話が下ネタになると急に瞳《ひとみ》を輝かせて会話に参加してくるようなところがあった。

アルバイトを始めてから三日めだったか、この社長と事務室で二人きりになる機会があったのだが、この時の会話には度肝を抜かれた。何の前置きもなく、

「原田君てさあ、3Pって好き?」

と真顔で訊《き》かれたのである。あまりにも唐突だったので、ぼくは3Pを新しい煙草の銘柄と勘違いして、

「いえ、吸ったことないですけど」

と答えてしまった。すると社長は不思議そうな顔をして、

「吸うって何? おっぱいのこと?」

「え? お菓子ですか?」

「違うよ。何言ってんだよ」

「いや、何のことだか……え? 何が好きですって?」

「だから3Pだよ。三人プレイ」

そう言われてぼくはようやく意味を理解し、同時に呆気《あっけ》なく動揺してしまった。そんなことしたことないですよう、と照れながら答えると、社長は鼻の穴をぷくりと膨らませて

身を乗り出して来、

「興味ある？」

と訊いてきた。たじたじとなりながら曖昧《あいまい》にうなずくと、社長はぼくの耳元に息がかかるほど接近してきて、

「ウチで使ってるデルモでさあ、言いなりになる女が何人かいるから、今度一緒にプレイしない？」

「や、まずいっすよそれは……」

「まずいって何が？」

「いやあ、だって……そういうのってやっぱあれじゃないすか、何て言うか、恥ずかしいじゃないすか」

「大丈夫大丈夫。恥ずかしいのは最初だけだよ。慣れる慣れる。どう？　君さえよければ来週にでもセッティングしてやるよ」

「本当ですか？」

「本当本当。こないだもね、先々週だったかな、I君とぼくと女二人で4Pやってさ、くんずほぐれつだったんだから」

「本当ですか？　まいったな……」

と口では言いながら、本当のところぼくは全然まいっていなかった。こんな幸運が我が身に訪れていいのだろうか、イヤッホー神様ありがとうッ、仏様もありがとうヨロレイヒー、と天に向かって叫びたいくらいの気持だった。以来、誘ってもらえるのは今日だろうか明日だろうかと、毎日わくわくしながら待っていたのだが、ヨロレイヒーな約束は結局果たされず仕舞いだった。今にして思うと、あれはからかわれただけなのだと分かるが、当時は純朴だったから、これっぽっちも社長の言葉を疑わなかった。

さてこの社長の右腕として働いているIさんは、前述の通り一見神経質そうなおじさん青年だったが、話してみると屈託のないところがあった。普段は穏やかで善良そのものなのだが、ヒステリーっぽい性質で、唐突に怒り出したりするのが玉に瑕《きず》である。

「俺が京大にいた時よう」

というのが口癖で、学生闘士としてゲリラ活動をしていた話を何度も聞いた。その話をしていると段々興奮してきて、最後にはいつも、

「最近の学生はダメだよなあ。カスみてえな奴ばっかだ！」

と吐き棄てるように言うのである。反論の余地はいくらでもあったが、波風を立てたくなかったので、ぼくは最近のダメ学生代表として、黙ってお叱りを受けていた。そうやって完全に聞き手に回ってIさんの話を拝聴していると、段々言葉の裏側にあるものを感じ

るようになってくる。

「何か強烈なコンプレックスがあるみたいだなあ」

とぼくはひそかに思うようになった。そのコンプレックスの正体が明らかになったのは、M企画の事務員Sさんと食事をした時のことである。

Sさんは二十三歳でぼくよりも三つ年上だったが、ずいぶんと幼い印象のある女性だった。原因はその背丈の低さにある。小学六年生くらいの背丈しかなく、その上髪をショートカットにしているので、遠目には子供のようにしか見えない。無口で、あまりはしゃいだところがなく、いつも思い詰めたような目をしている。何となく暗い人だなあと思っていたので、ぼくは無意識の内に彼女を敬遠していた。しかし彼女の方はぼくに対して少なからぬ興味を抱いていたらしく、

「一緒に御飯食べない？」

としょっちゅう誘いの言葉をかけてきた。いつもはやんわり断っていたのだが、あまり邪険にするのも悪いと思って、一度だけ誘いに応じたことがある。その前日、ビル掃除の方のバイト料が入ったばかりだったせいもあるかもしれない。

「俺、おごりますから、どこか安いとこで食べましょうよ」

とぼくが言った直後の、彼女の心底嬉《うれ》しそうな顔は忘れられない。短くキャッと叫んで

胸の前で掌を組み合わせ、二、三回ぴょんぴょんと跳ねる姿は、気の毒になるほどの喜びに満ちていたように思う。ぼくに好意を持っていたとか、そういうことではない。彼女は男性に食事をおごってもらうこと自体に、弾けるような喜びを覚えたのだ。

ぼくらは地下鉄で高田馬場まで出て、さくら通りにある中華料理屋で中華丼を食べた。ぼくとしてはもう少し色気のある食事をしてもいいと思っていたのだが、彼女の方がその店の中華丼を食べたいと言ったのだ。

「おいしいでしょう、ここの中華丼。四百円で、ちゃあんとウズラの卵まで入ってる。私大好きなの」

彼女はそんなことを言って、いつになく無防備な笑顔を見せた。ぼくはあっという間に中華丼を食べ終えてしまい、間が持たなくなってビールを注文した。それを飲みながらつまらない世間話をしている内に、何の拍子かＩさんの話になった。

「あの人、京大にいて学生運動やってたんですよね。今はもうそういう活動、してないのかな」

と何の気なくぼくが言ったところ、Ｓさんは急に眉《まゆ》をひそめて、

「何それ。何の話？」

と訊き返してきた。

「いや、だからIさんですよ。京大の頃の話、いっつも聞かされてて……」

「何あいつ、そんなこと言ってるの？　厭《いや》ねえ、嘘よそれ」

「嘘？」

「あいつが京大なんか入れるわけないじゃない。そんな頭があったら、誰がエロ本屋なんかやってるもんですか。馬鹿みたい」

Sさんは大袈裟《おおげさ》に吐く真似をし、ぼくと目が合うと慌てて笑顔を作った。彼女のIさんに対する否定の仕方には、尋常でないものが感じられたので、ぼくは二人の間に何か特別な過去でもあったのかと勘繰ってしまった。むろん口に出して確かめはしなかったけれども、翌日、ぼくの勘繰りはあながち的外れではないことが分かった。配達途中の車の中で、助手席に座っていたIさんが、

「原田君、昨日Sさんにメシおごったんだって？」

と尋ねてきたのである。ぼくは一瞬どきりとして、

「ええ、まあ」

と生返事をした。するとIさんは急に目を吊《つ》り上げて、

「何で君がおごらなきゃいけないんだよ」

と激しい口調で言い募った。

「いや、別にそのう……おごったって言っても中華丼ですよ」

「関係ないよ。だって君は学生で、彼女は社会人だろ。君がおごるのはおかしいよ。どうしておごったんだ!?」

「いや、どうしてって言われても……」

「そういう時は社会人の方がおごるもんだよ。学生のくせに……アルバイトのくせにおごるなんて、間違ってるよ!」

大変な剣幕だったので、ぼくはあやうくハンドル操作を誤るところだった。Iさんはひとしきり怒ると、急に黙り込んでしまった。居心地の悪さに辟易《へきえき》しながら、ぼくはIさんの学歴コンプレックスとSさんに対する彼の想いをぼんやりと感じ、遠い気持になった。そして、大人って色々面倒くせえもんだな、と思った。

M企画でぼくがこなさなければならない仕事は、ごく単純な内容だった。

まず朝は十時までに、鶴巻町にあるM企画のオフィスに出社する。ぼくが住んでいた西早稲田のアパートからは、ゆっくり歩いても二十分ほどの距離なので、これはありがたかった。当然、往復ともに徒歩で通っていたのだが、社長には学バスを使ってますと嘘をついて、交通費を支給してもらっていた。片道わずか六十円。我ながらセコいなあと思ったけれど、十日も通えば総計で千二百円にもなる。これは当時のぼくにとってバカにならない金額だった。

「足で稼いでるんだ」

M企画までの道のりをてくてく歩きながら、ぼくはそう自分に言いきかせていた。ビル掃除の方のアルバイトで夜更《よふか》しをしてしまい、一睡もせずに出社することもたまにあったが、歩くことはちっとも苦にならなかった。歩きながらぼくは、ぼんやりと小説の構想を練ったり、詩と呼ぶにはいささか恥ずかしい言葉の羅列を、頭の中でこねくりまわしていた。ちょっと気の利いた一文が脳裏にひらめいたりすると、

「歩くのは無駄ではなかった！」

と一人で喜んだりしていたわけである。

M企画の他の三人は、いずれも朝が弱いようで、大抵の場合はぼくが一番乗りだった。鍵《かぎ》は、サッシ扉の脇に突き出ている電力メーターの上にいつも置いてある。これを使って中へ入り、まず一階の事務室の掃除をする。別に命じられていたわけではなかったが、ぼんやり座っていることの方がぼくにとっては苦痛だったのである。床を掃いて、机の上を拭《ふ》き、ゴミを棄て、灰皿を洗う。掃除に関しては文字通りプロフェッショナルだったから、これくらいのことはお手のものだった。今にして思うと、そうやって命じられもしない仕

事をすることで、架空の交通費をもらう後ろめたさを帳消しにしようとしていたのかもしれない。

　掃除が終わると、猫の額ほどの流しへ行ってお湯を沸かし、これをポットに入れる。それからインスタントコーヒーを入れて、事務所へ戻り、煙草を一本吸う。それでも誰も現れない場合は、奥の倉庫へ行って、ポルノ雑誌をビニール袋に詰める作業に没頭する。これも別に命じられたわけではないのだが、二十歳の青年だったら誰しも、ぼんやり座っていることよりもこちらの作業の方を選ぶだろう。

　袋詰めの作業は楽しかった。

　特に最初の二、三日は早くこれがやりたくて、九時に出社したくらいである。倉庫の壁は三面が天井まで届く棚になっていて、ここにありとあらゆる種類のポルノ雑誌が、ぎっしり平積みされている。自動販売機で売られるようなソフトな内容のものもあれば、PTAのオカーサマ方が目にしたら発狂しそうなほどハードなものもある。特にすごかったのは、入口のすぐ脇の棚あたりに固めて置いてある変態御用達のポルノ雑誌。SMやホモおよびレズ向けのものが大半だったが、中には幼女モノや獣姦《じゅうかん》モノまであった。ぼくは性的にはごくノーマルな、健康的な二十歳の青年だったので、これらの変態御用達ポルノ雑誌を初めて目にした時には、少なからず愕然《がくぜん》とした。

「うっひゃあー！」

　と思わず声に出してしまったほどである。しかしながらこれらを即座にババッチイと判断して、二度とページは開かんッという態度を固持するほど潔癖な青年でもなかったので、好奇心に背中を押されるまま、一応すべての雑誌に目を通した。そこにはぼくのまったく知らない世界があった。

「なるほどこれをこうして……こんなふうにして楽しんだりするわけか」

「うーむ、これがいいと思う人が世の中にはいるのか」

「うわー、これはすごい。耐えられない。が、一応後学のために……」

「これが自分だったら……ひーッ！」

　などと一人で大騒ぎをしながらページを捲《めく》り、一通り目を通してはビニール袋に詰めていったわけである。

　それまでのぼくは、セックスと言えば入れポン出しポン、あ、あイクイクという世界がすべてだと思っていたので、ここへきていきなりウルトラC級の技の数々を目の当たりにしても、ただただ茫然《ぼうぜん》とするばかりであった。袋詰めの作業は大抵午前中しか行わなかったので、何とか自制心を働かせることもできたのだが、あれが夜中の作業だったりしたら、頭がどうかなっていたかもしれない。今頃小説中公じゃなくて、ＳＭスナイパーか何かに超スケベなエロ小説を執筆するようになっていたかもしれない。

そういえばM企画でのアルバイトを始めてから三日めの午前中に、ぼくはよこしまな気持を抱いた。例によって一人で早めに出社して倉庫に入り、悶々《もんもん》としながら袋詰めの作業をしている最中に、

「二、三冊かっぱらっちゃおうか」

という衝動にかられたのである。今にして思うと、この時のぼくはやはりある意味で頭がどうかなっていたのだろう。エロ本を見ては袋に詰める、エロ本を見ては袋に詰める、そんな作業を延々と続けている内に、脳味噌《のうみそ》の芯《しん》がじわじわと熱く充血してきて、このままではどうにもこうにも収まらーんッという気分になっていたのである。

「これだけ沢山あるんだから二、三冊なら分かるまい……」

という悪魔の囁《ささや》きが頭の片隅に響く。いやいや、いかん、そんなことをしてもしバレたらバイト料もパアではないか。

「しかもこの高価なエロ本をだな、一冊五百円で譲ってやると持ちかけたら、友達は喜んで買うぞ。四冊で二千円。三日は食えるぞ食えるぞ……」

悪魔はそんなことも囁いた。これはぼくにとって強烈に甘い誘惑だった。夜中にこっそりここへ来て百冊も持ち出したりしたら、相当ボロい稼ぎになる……いかんッ、それでは

本物の犯罪者になってしまう。しかし二、三冊なら……いやいや、何を考えておるのだお前は！

イタリアだかギリシアに「泥棒は正直者がやることである」という諺《ことわざ》があるらしいが、言い訳をさせてもらうなら、この時のぼくはまさにそういう状態だった。盗《と》るべきか盗らざるべきか――ぼくはハムレットのように悩んだ。そしてさんざ逡巡《しゅんじゅん》した挙句に、

「自分にはこれを盗る権利がある、何故なら若く貧しいからだ！　俺の金玉の中に新しい精子がじくじく生まれさえしなかったら、あるいは俺が金銭的に豊かだったら、決してこんなよこしまな気持は抱かなかっただろう。つまり俺にこれを盗ませるのは、神よ貴様だッ！」

などと思いっきりスケールのでかい言い訳を考え出し（ロシア文学に入れ込んでた時期だったんだなあ）エロ本をかっぱらうことに決めた。前々から目をつけていた四冊ほどを棚から抜き出し、駆け足で事務室の方へ行って自分のスポーツバッグの中へ隠す。もちろん誰もまだ出社してきていなかったが、ぼくは用心深く周囲を見回し、人気のないことを確認してから倉庫へ戻った。きっと後悔するに違いない、胸が痛むに違いないと思っていたが、実際にはそれほどでもなかった。倉庫に戻り、再び袋詰めの作業を始めると、ついさっきまでの苦悩が嘘のように、胸の中がせいせいとした。目の前には相変わらずエロ本

がぎっしり詰まった棚があり、作業台の上にもエロ本が山と積まれていたが、もうそれが欲しいとはこれっぽっちも思わなかった。まるで風呂上《ふろあ》がりのような気分——爽快《そうかい》ですらあった。

M企画の他の二人の社員、先輩のIさんと事務のSさんが出社するのは、大抵十一時から十二時の間だった。社長は出社しない日もあったし、顔を見せても昼過ぎからの場合がほとんどである。

Sさんは一緒に中華丼を食べて以来、ずいぶんぼくに親近感を覚えていたらしくて、事務室で二人きりになると、しきりにあれこれと話しかけてきた。最初はぼくのことを根ほり葉ほり聞きたがり、そのお返しのようにして自分のことを沢山喋《しゃべ》った。

「本当は私ねえ……笑わない？　保母さんになりたかったのよ。茨城から出てきてさあ、そういう学校に通っていたの」

「はあ」

「それがどこでどう間違ってこんなとこで仕事してんのか、自分でもよく分かんないのよねえ」

「はあ」

　ぼくは適当に相槌《あいづち》を打ちながらも、極端に背の低い彼女が保母になりたいと願う気持の底に、何か切ないものを感じた。彼女はこんなエロ本出版社で働いている割には、真面目そうで、純朴な印象があった。どこでどう間違ってこんなとこで仕事してんのか、という言葉に嘘はなかったろう。成り行きというのは人を動かし、世の中を動かす大きな原動力の一つなのだと、この時ぼくは教えられたような気がした。

「やっぱ最高に厭《いや》なのはあれよね、電話で注文受けたりそれを確認したりする時よね。うんざりしちゃう」

「どうしてですか？」

「だってほら、本の題名が題名じゃない。私も一応若い女の子ですからね、『大股《おおまた》開きなんとかかんとか』とか『あそこがなんとか』とか電話で口にするの恥ずかしいわよ。入ったばっかりの頃なんか、電話口で真っ赤になって泣きそうになっちゃったもの」

「そりゃそうですよねー」

　この話にはぼくも笑った。確かに彼女の言う通り、エロ本の題名というのは顧客の興味を惹《ひ》こうとするあまり、中身の写真よりも遥《はる》かに過激だったりする場合が多い。注文の電話をぼくも何本か受けたことがあるのだが、思わず赤面して絶句してしまうことがしばしばだった。今でもよく覚えている注文の電話は、例えばこんな感じである。

「はいM企画です」

「あ、上野のなんとか書店だけどね、アレ持ってきてほしいんだアレ。二十冊」

「アレ、と申しますと？」

「アレだよほら……こないだ入れてもらったやつ。あのう、何だっけほら、フンドシ若妻欲情……欲情フンドシ若妻だっけ？」

「フンドシ若妻激情記」

「そうそう、それ。二十冊ね。あのデルモいいよね」

「そうすか」

「いいよう！　消しもヤバいしさあ。すごくいいよう！　やっぱこれからはフンドシだよねえ」

受話器を置くなり、ぼくは周囲に誰もいないのをいいことに、ターザンが雄叫《おたけ》びを上げるようにして思いっきり笑ってしまった。曲がりなりにも書店を経営しているいい大人が、フンドシだの若妻だの欲情だのと本気で話していることが滑稽《こっけい》だったし、それにきちんと応対している自分自身も滑稽だった。まるで漫才である。こういうやりとりそのものがSさんの仕事なのかと思うと、可笑《おか》しくもあり、同時に哀れでもあった。

さて午後になると、ぼくはIさんとともにコロナのライトバンに乗って、都内各所へ配達に回った。得意先が圧倒的に多いのは、やはり新宿の歌舞伎町近辺である。多くはポルノ雑誌専門の書店だったが、中には普通の書店もあった。未だに忘れられないのは、上野の駅前にある書店へ配達をした時のことである。

猛烈に暑い日で、ぼくもIさんも車の中で何だかぐったりしていた。昼飯も食わずに何箇所か配達を済ませた後だったので、口をきくのも億劫《おっくう》なほど疲れていたのだ。その日最後の得意先が、上野だった。

いつもなら書店のすぐ前に車をつけるところだったが、その日は生憎《あいにく》反対方向から入っていったために、六車線の広い道を挟んだ向かい側に車を停めざるをえなかった。どこかでUターンして書店の前へつけましょうよと提案したのだが、Iさんは疲れていて機嫌が悪く、

「いいよ。そんなに沢山あるわけじゃないんだから。怠けようとすんなよ」

と意地の悪いことを言って、向かい側に停めるよう指示してきた。ぼくは内心カチンときたが、顔には出さずに言われた通り車を停め、ハザードランプを点滅させた。ちょうど横断歩道の信号が青だったので、Iさんは車から降りるなり物も言わずにスタスタと向こう側へ渡っていってしまった。ようするにぼく一人で全部運べということである。

舌打ちを漏らしながら車を降り、後部へ回り込む。ハッチを開けると、荷室には紐《ひも》でく

くっていない何十冊かのエロ本が、ドミノ倒しのような形で崩れて散らばっている。それをきちんと積み重ねてから、ぼくはしばらく考え込んだ。

「一回で行けるかどうか」

と迷ったのである。エロ本の数は約五十冊。一度に抱え上げて通りの向こう側まで運ぶには、ちょっと多いような気もした。しかし人通りの多い上野駅前の横断歩道を、スケベな本を抱えて二往復もするのは、かなり恥ずかしくもある。できれば一回で済ませたい。

「うーむ。どうする……」

考えていても埒《らち》があかないので、ぼくは思い切って五十冊を一気に抱え上げてみた。心配したほどの重量ではない。これはいける、と思って振り返ったところ、ちょうど横断歩道の信号が青になった。

「よっしゃあ！」

勢いをつけて一気に渡ってしまおうと、ダッシュしたのがいけなかった。五、六歩行ったところで足がもつれ、あっという間に前のめりに転んでしまったのである。

「げ！」

と叫んだ次の瞬間、抱えていた五十冊のエロ本は横断歩道の上にざざあッと散らばった。スケベ御開帳！　といった感じである。横断歩道を渡っていた人たちは、ぼくの叫び声に反応して振り向き、路上が桃色に染まっている様子を目にして、ぎょっとした顔をする。サラリーマンはにやにやし、女子高生は「やだあ」と漏らし、母子連れは顔を背け、じじいは難しい顔をし、ばばあはおったまげている。それらの視線を一身に浴びながら、ぼくは体の周りに、

「アセアセアセアセアセアセアセ！」

と片仮名のフキダシが飛び散りそうなほど焦って、散らばったエロ本を掻《か》き集めた。頭の中はパニック状態で、「濡《ぬ》れ濡れ」とか「食い込み」とか「欲情」とか「入れて」とか「ぱっくり」とか、とにかくそういったエロ本のタイトル回りの言葉が激しくスパークした。んもう何が何だか分からない内に、ぼくは五十冊のエロ本すべてを掻き集めて抱え直し、走れエロス、いや、走れメロスのような勢いで横断歩道を渡った。

二十年の人生の中で〝恥ずかしい瞬間ベスト10〟を挙げるなら、この時の恥ずかしさはベスト3に食い込むだろう。あるいは、〝何かを掻き集める素早さベスト10〟を挙げるなら、この時の素早さは間違いなくベスト1だったと思う。

恥ずかしさに髪の毛を逆立て、真っ赤な顔でぜーぜー息をしながら書店に駆け込むと、エロ本を立ち読みしていた客たちがぎょっとしてぼくを見た。自分では分からなかったが、ものすごい形相をしていたのだと思う。レジカウンターで書店主と立ち話をしていたIさ

んも、目が合うなり、

「どうしたんだ？」

と訊《き》いてきた。ぼくは危うく馬鹿正直に転びましたと答えそうになったが、書店主の前で商品を道へ散らばらせたと告白するのはまずいと判断して、

「く、く、車に、轢《ひ》かれそうになって……焦りました」

とごまかした。するとIさんはぼくの頭を小突き、

「馬鹿、ぼやぼやしてるからだよ。しょうがねえな田舎者は」

と言った。これは本当に頭にきた。あー、もうダメ、俺こいつのこと殴る、ボコボコに殴る、と思ったけれども、殴る殴ると思っている内に気持が少し醒《さ》めてきた。Iさんは既に書店主の方を向いて、下らない世間話に没頭している。

「これ、ここ置きます」

そう言って五十冊のエロ本をカウンターの上に置き、ぼくは小走りに書店を後にした。そして車のそばまで駆けていき、怒りにまかせてタイヤを蹴《け》った。ちきしょう、馬鹿野郎、くそったれと腹の中で叫びながら、何度も何度も蹴った。

M企画でのアルバイト契約は、一応十日間ということになっていた。社長はぼくのこと

が気に入ってくれたらしく、よかったら夏休み一杯手伝ってくれないかと言ってくれたのだが、やんわり断った。この時期、岡山の実家はサラ金の取り立て人からの大攻勢を受けて、完全にグロッキー状態だったので、その矢面に立つべく帰省しなければッという思いがぼくにはあった。Iさんとの関係も、上野の一件以来、冷戦状態に突入していたので、やはり最初の約束通り十日で身を退《ひ》くのが賢明かなと判断したのである。

社長はぼくにその気がないことを知ると、ちょっと残念そうな顔をして考え込んだ。しかしすぐに何か思いついたらしく、笑いを堪《こら》えるような表情を浮かべて、こんなことを提案してきた。

「じゃあさ、原田君さ、バイトの最終日にちょうど撮影が入ってるから、助手やってみる気ない？」

「助手ですか……？」

「撮るのはぼくなんだけど、君はそばにいてレフ板とか持っててくれればそれでいいから。簡単だよ。どう？」

うーむそうきたか、とぼくは考え込んだ。生身の女の裸を目の当たりに見せて、何とか引き止めようとしているわけだなと思ったのである。

「いや、やれと言われれば何でもやりますけど……」

「お、頼もしいね」

「バイトですから」

「OK、じゃあ決まりね」

社長は嬉《うれ》しそうに膝《ひざ》を叩《たた》いた。ぼくはあくまでも渋々引き受けたのだぞ、というポーズを崩さずにいたのだが、内心はラッキーちゃちゃちゃ、オーッという気分であった。アルバイトを続ける続けないは別にして、裸の女をタダで間近に見られるチャンスを喜ばない二十歳の青年なんて、この世に存在するはずもない。

「これはもしかして以前社長が話していた3Pとか4Pとかの酒池肉林が、撮影後に控えているのでは……」

そう思うとぼくはもう居ても立ってもいられない気分になり、一人でにやにやしたり、不意に歯を磨いたり、パンツをせっせと洗濯したりした。

撮影の前日、配達を早めに終えて事務室でぼんやり煙草を吸っていたところ、ちょっと付き合ってくれないかと社長が声をかけてきた。明日の撮影に使うベッドを運ぶから、手伝ってくれと言う。

「運ぶって言っても大した距離じゃないんだ。歩いていこう」

社長はそう言って先に事務所を出た。どうやらすぐ近くにある社長の自宅から運んでくるつもりらしい。ぼくは後につき従って、陽ざかりの道を黙々と歩いた。いくら近いとはいえ、この暑さの中をベッドを抱えて戻ってくるのかと思うと、少々うんざりした。

社長の自宅は、M企画から歩いて五分ほどの住宅街の中にあった。立派な門構えの本格的な和風二階家で、とても三流エロ本出版社の社長が住んでいるとは思えない。ぼくはおどおどしながら社長に続いて中に入り、二階へ上がった。

「これね。マットレスだけでいいから」

案内されたのは空き部屋であるらしく、家具らしきものはそのシングルベッドしか置いてなかった。命じられるままマットレスを担ぎ上げると、何とも言えず生臭い匂いがする。ぼくは顔を顰《しか》め、息を詰めて、それを一階へ運び下ろした。表へ出してからは社長も手を貸し、ぼくらは頭の上にマットレスを載せて、バランスを取りながら歩き出した。ぼくが前、社長が後ろである。

「うーむ、やっぱ臭うなあ……」

しばらく歩いたところで、社長は何だか感慨深げに言った。

「これ、何の臭いですか？」

「何って、男と女の臭いだよ。決まってるじゃない」

ぼくはどきりとして立ち止まりそうになった。男と女の臭い……その言葉は社長が口にするとどろどろしたいやらしさを伴って響いた。

「このマットレスの上でいろんな男と女が、いろんなことやったからなあ。あ、原田君の頭に載ってるその辺りね、こないだ女が小便した所だよ」

「げッ!」

「嘘、嘘。びっくりした?」

「からかわないで下さいよう」

「本当かもしんないよー」

「止めて下さいってば」

ぼくらはそんなことを前後で言い交わしながら、マットレスを頭の上に載せてててくてく歩いた。途中、擦れ違う人たちはみんな好奇の目でぼくらを見た。確かに傍から見たら、これはかなり異様な光景だったと思う。しかし社長は微塵《みじん》も動揺の気配を見せず、飄々《ひょうひょう》とした調子でいやらしいことを声高に話しかけてくる。

「社長って変わってますよね」

ぼくが独言のようにふと漏らすと、背後の社長は呑気《のんき》な口調で「そうかなァ」と呟《つぶや》いた。

「どこが変わってんの?」

「いや、何となく……」

「そうお？　ぼくから見たら原田君の方が変わってるよ」

「ぼくがですか？　どうして？」

「だって、何て言うか……いっつも力が入ってるじゃない。若いからしょうがないかもしれないけど、何だかすごく無理してる感じがするよ。変わってるよ」

「そうすか……」

平静を装って答えたが、内心はっとして頰が紅潮してしまった。確かにぼくは無理をしていた。体にも心にも力が入って、いつもいつも何かに逆らいながら生きていた。特に実家が借金を抱えて破滅してからというもの、無理をすること自体がぼくの青春そのものだった。そう思うと、頭の上に載せたマットレスが、急に重みを増すように感じられた。それは臭くて、厄介で、堪えがたい重みだった。

翌日、ぼくは何故か新しいパンツを穿《は》いて、どきどきしながらアパートを出た。

M企画には十時少し前に着いたのだが、驚いたことに社長が既に出社していて、事務室でカメラの手入れをしていた。ぼくの顔を見ると「よう」と片手を上げて挨拶《あいさつ》をし、懐から封筒を取り出して机の上に置いた。

「十日分のバイト料ね、先に渡しておくよ。ごくろうさんでした」

「いいんですか？」

「いいって何が？」

「や、先にもらっちゃっても……」

「何がいけないのさ？」

社長は不思議そうな顔をしてぼくを見た。ぼくも同じように不思議そうな顔をしていたに違いない。封筒を手に取って中をざっと確かめ、

「ありがとうございます」

と頭を下げると、社長は楽しそうに笑った。意外だった。ぼくを引き止めるためにバイト料をくれないのではないかと、そんなことを前夜考えたりもしていたのだ。

「光の関係があるからね。午前中に外で撮影して、室内は午後からだ」

社長は手短にそう説明すると、再びカメラの手入れに熱中し始めた。ぼくはすっかりいい気分になって、社長のためにコーヒーを入れたり、そこらへんを掃いたり、机の上を丁寧に拭《ふ》いたりした。我ながら現金なものである。

それから五分もしない内に、男性のモデルが二人、サッシ戸をくぐって現れた。二人とも精悍《せいかん》な美男子である。社長とは既に顔見知りであるらしく、軽く挨拶をするなり、勝手知ったる様子で応接室へ入っていく。ぼくは慌てて流しへ行き、二人分のコーヒーを作っ

た。いよいよ撮影が始まるのだ。そう思うと抑えがたく胸が高鳴った。肝心の女のモデルはどんな美人だろう。男の方があれだけ美男子なのだから、釣り合いを考えると、かなり期待していいのではなかろうか。やはり二人来るのだろうか。それとも一人来て、社長の好きな3Pの様子を撮るのだろうか。あるいは三人来て、原田君もちょっと加わってくれない、なんてことになったらどうしよう。一応新しいパンツ穿いてきてよかったあ。しかし顔が写るのはやばくないだろうか。いや、この際顔なんて……などと、ぼくは目まぐるしくいろんなことを考えた。

「さあて、そろそろ行くかあ」

社長がそう言って腰を上げたのは、十時半を少し回った頃だった。ぼくもそれに釣られて、弾《はじ》かれたように立ち上がった。が、よく考えてみると、まだ女のモデルが来ていない。どこかで合流するつもりなのだろうかと思いながら、

「あれ？　モデルさんがまだ……」

と惚《とぼ》けた振りをして尋ねると、応接間へ向かおうとしていた社長は肩越しに振り向き、

「モデル？　来てるじゃない」

と当然のことのように言った。

「え？　でも女のモデルさんは？」

「女？ 今日は来ないよ。だって今日はホモブックの撮影だもの」

社長はにやりと笑った。ぼくは飛び上がりそうなほど驚き、呆気《あっけ》なく顔色を変えてしまった。それを見ると社長は声を上げて大笑いし、

「やあ、引っかかった引っかかった。甘いなあ原田君。甘い！」

と楽しげに言った。ぼくは自分がからかわれていたことを知って、思わずむっとしてしまった。何が甘いんですかと真顔で言い返すと、社長は笑いの余韻で咳込《せきこ》みながら、

「いやいや、悪い悪い。許せ」

「許すも許さないもないですよ。ぼくはバイトなんですから、そういう撮影ならそういう撮影で結構ですよ。行きますよ」

むきになってそう言い募ったが、社長は無視して、二人のホモモデルを連れ、表へ出ていこうとした。その背中に向かって、

「ぼくも行きますよ」

もう一度言うと、社長は戸口のところで振り返った。

「無理しなくていいんだよ原田君。昨日も言ったろう？ 肩に力が入ってるぞ」

そう言い残して、社長は足早に去っていった。

事務室に一人残されたぼくは、しばらく顔を真っ赤にして突っ立っていた。侮辱された

ような気がして頭にきたのだが、頬の火照《ほて》りが冷めてくるにつれ、喉《のど》の奥に笑いが込み上げてきた。

「まいった。やられた」

口に出して呟《つぶや》くと、もう我慢しきれなくなって、ぼくは笑った。何て見事にからかわれてしまったのだろう。そう思うと笑いが止まらなかった。ぼくは自分の青さを改めて思い知り、同時にその青さをいとおしくも感じていた。

解説

クリス　智子（パーソナリティ）

「禁・原田宗典！」あるいは「脱・原田宗典！」

学生の頃、テスト前にはそんな決意をしたものでした。

点数の良し悪しの話ではありません。原田ワールドから抜け損ね、あのし〜んとしたテスト中の教室で思い出し笑いをした時のピンチ。

事実、はらだ本による思い出し笑いは発作のように度々起こり、周りの人の目を点にしてきました。はらだ本を読んでいる途中、もしくは読み終わった翌日には、もう大変。発作が電車の中で私を襲えば次の駅で下車、新幹線の自由席なら勝手に席替え、これで大丈夫だろうと高をくくると、うそっ……！　まったく失《う》せる気配なし。恐るべし原田宗典パワー。誰も見ていないのであれば、抱腹絶倒を文字どおりやっちゃいたい衝動にかられるのです。ちなみに、この「はらだ本による思い出し笑い病」のスバラ式処方せんは、まだ見つかっていません。

みなさんの中にはこの本で初めて原田さんと出会ったという方もいれば、原田作品は完全網羅、超原田通という方もいらっしゃることでしょう（特に後者の方々には「どうもすみません」と礼儀正しく一礼させて頂きます……）。

では、この私はいったいどうなのかっ？　といいますと、原田さんの著書のほとんどは引っ越しても引っ越しても大切に持ち歩き、本棚には原田宗典・原田宗典の原田コーナーあり。原田さんのエッセイを読んで、これまで切り抜けてこられたブルーモードは数え知れず、感謝感謝様様なのです。つまりは大ファン。

初めて原田さんの本と出会ったのは、高校生の頃。友達からの紹介でも何かの紹介文を見たからでもなく、横浜・有隣堂という本屋さんでした。目が合ったら最後、目が離せなくなるようなタイトルが並んでいたのです。『できそこないの出来事』『スバラ式世界』『むむむの日々』『日常ええかい話』などなど……。

あらためて自分の本棚で眺めると、よりいっそうツボをつくタイトルの良さを感じるもの。疲れきって帰る部屋でそれらの文字が目に飛びこんできた瞬間、実にいい具合に力が抜け、カトちゃん顔になってベッドにダ〜イブ！　できるほどの効用力があるのです！

そんな〝はらだ式・脱力快感〟は大学に入ってからも健在。私の通っていたところは授業はもちろんすべてがアメリカの大学のシステムで行われるキビシー学部でした。膨大な宿題と眉間《みけん》にシワを寄せながら格闘し、横浜から東京まで重たい洋書の教科書を抱えて電車に揺られ人に揉《も》まれる毎日にも、はらだ本は、眉間のシワを取り払うヒーリンググッズとして、リュックにいつも放り込まれていたのであります。

通学時間をいかに有効に使うかに燃えていた私は、なるべく通学時間の前半で宿題を終え、後半を原田タイムにあてるのが目標。原田ワールドに早く突入したいために仏像アートやら社会学やらを頑張ったわけです。

電車と言えば！　網棚の置き忘れ常習犯だった私は、一度読みかけの原田さんの本を崎陽軒のシウウマイ弁当と一緒に終点の大船までやってしまったことがありました。どうしても続きが読みたくて、終電ギリギリに大船まで取りに行ったということも……。まさにその本のタイトルは忘れもしない『できそこないの出来事』。

そんな風に自分の日常を重ねるようにして読んでいた原田さんのエッセイ。こんなことを書く人は相当ゆかいな方なのだろうと、漠然としたイメージを持っていたのですが、その原田さんに、昨年末初めてお会いする機会に恵まれました。J-WAVEという東京のラジオ局で現在私が担当している「ブームタウン」という朝のワイド番組にゲスト出演して頂いた時です。当番組でゲストコーナーをもうけることになった一昨年、スタッフに手渡した最初の希望ゲストリストに私は堂々と「原田宗典」と書いたのでした。満を持して原田さんをお迎えすることになった時は、ガッツポーズを久しぶりに何度も（心で）決めました。しかしそこで問題なのは、原田さん……いい人じゃなかったらどうしよう……？です。

私はどなたにお会いする時も、なるべく耳に、目に入ってくる先入観は持たないで、その方と素直に一人間としてお話ししたいと思っています。それだけに、原田さんの場合は不安も大きかったわけです。どうしたって、想像と違ってびっくりするような人だった時のショックは並々ならぬものでしょう。

ならば！　と、私はとにかくお会いするまで原田さんのことはあまり考えないことにしました。ひょっとすると悪人か?!　ぐらいの勢いで（原田さん、すみません）。しかし、実際にお会いした原田さんは、お察しの通り、穏やかでジェントルで、口調もとても優しい方で、「やっぱりね――っ！　ね？　ね？」、その安堵《あんど》感たるや……。つま先から温泉に入り、全身浸《つ》かった時に出る、あの「ふふぉ〜〜〜……」という安堵の声が、体中にこだましたのでした。

番組では、五日間にわけてゲストの方の生い立ち、人生、日常、趣味、今後の夢などを伺うのですが、原田さんにも時間に限りがある中、実に充実したお話を頂き、いい番組にして頂きました。一六歳で作家になると決意してその道まっしぐらだったこと、若い頃、劇団員の方たちと女の子を誘ってご飯を食べる時、毎回お題を決めてする劇に燃えちゃってたこと、数年前には、一か月に四〇本以上（！）もの締め切りを抱えた売れっ子で、天下気分と同時に文筆業を一時中断したこと、劇団の脚本があがらず、劇団員の方たちはそれを待っている間にウクレレがすっかり上達してしまったこと（番組にもご登場頂きましたが、相当な腕前！……ってことは……）、趣味はたき火と篆刻《てんこく》、エトセトラ……。

「四〇歳になった時、二度目の成人式と思うようにしたんだよ。そうしたら結構気が楽（笑）」と言う原田さんの言葉も妙に記憶に残っています。何気ない会話の中でのそういった言葉で、こちらの世の中の見え方がグンと変わってくるから不思議。あ、そういうこと自分にもあったよなと楽しませてくれながら、なるほど、そういう考えや行動もあるのね、と感心させる。原田氏は、エッセイ同様の親近感と、そんなちょっとした変化球目線、人を構えさせない術をお持ちでした。

さて、『はたらく青年』ですが。

みなさんは、まずどんなアルバイトをしたいと思ったのでしょう。私は非常に分かりやすく、社会に「いらっしゃいませ〜」を言いたくて、まっ先に横浜元町のハンバーガーショップでバイトしました。

当時の時給五六〇円。安かったけど、楽しかった。

店長はなぜか私をヒロコと最後まで呼び間違えたけれど、楽しかった。その後、いらっしゃいませパート2として、幸せな香りに包まれたパン屋さん、パート3はフランス料理店、マドモアゼル気取りでボンジュ〜を言っていたのでした。ほかにも英語の家庭教師をやったり、オージービーフ会社の通訳でオージーイングリッシュに苦しんだり、社会人になるまでバイトをしていない時期が私にはなかったのですが、実際アルバイトを通して知り合った人の中には今も関係が続いている人もいて、やはりどれも今の自分を作るいい経験ばかりでした。

この本を読んでいると、数々の自分のつまずきを思い出し、笑わずにはいられません。アメリカのコメディ俳優、スティーブ・マーチンの大げさな表情ばりに、コミカルな様子を文章で表現しきる原田さんの想像力、発想力、たまらないです。この本でも最高〜！と叫ぶ箇所はたくさんありますが、原田さんが大学へ入学するために単身上京した時のお父さんのくれた包みをあけた瞬間のハニワ顔からのくだりや、早稲田祭でのおしるこ屋の損失を背負った原田さんとE君の肉まんあんまんバイトでのE君の点付け作業、水玉模様の世の中もお気の毒ながら、何度読んでも笑えます。

神様に「一つだけ力を与えてあげるとしたら、どんな力が欲しいか」と聞かれたら、私は迷わず「日常を笑い飛ばせる力」と答えるでしょう。頑張ることも大事だけれど、息を抜くことはもっと大事かもしれない、原田さんのエッセイを読んでいていつも思います。お金があっても、お城を持っていても（両方大歓迎）、とにかく何かにつまずいた時にどれだけ、オーライオーライ、とおおらかにその自分を受け入れることができるか、笑えるか、前向きなパワーにできるか。穏便に日常を生きるのではなく、ハプニングがなくては人生面白くなぁーい！　というぐらい、大人になっても元気に生きたい。自分の人生、自分が乗り気でなくて誰が楽しんでくれるのだ！（盛り上がってきてしまいました……）つまり、原田宗典さんのエッセイは、そういった意味で、まさに日常のバイブルなのです。

最後になりましたが、この時代いい時代、と思える原田さんのウェブサイト「はらだしき村」（http://www.haramu.net）の大充実ぶりにも感謝です。今後も勝手にお力拝借、これからの日常を味わい深きものにしたいと思っております。

またお目にかかれる日を楽しみに。

二〇〇二年　三月末日

本書は一九九七年十月に中公文庫として刊行された作品を角川文庫に収録したものです。